Querida Kitty

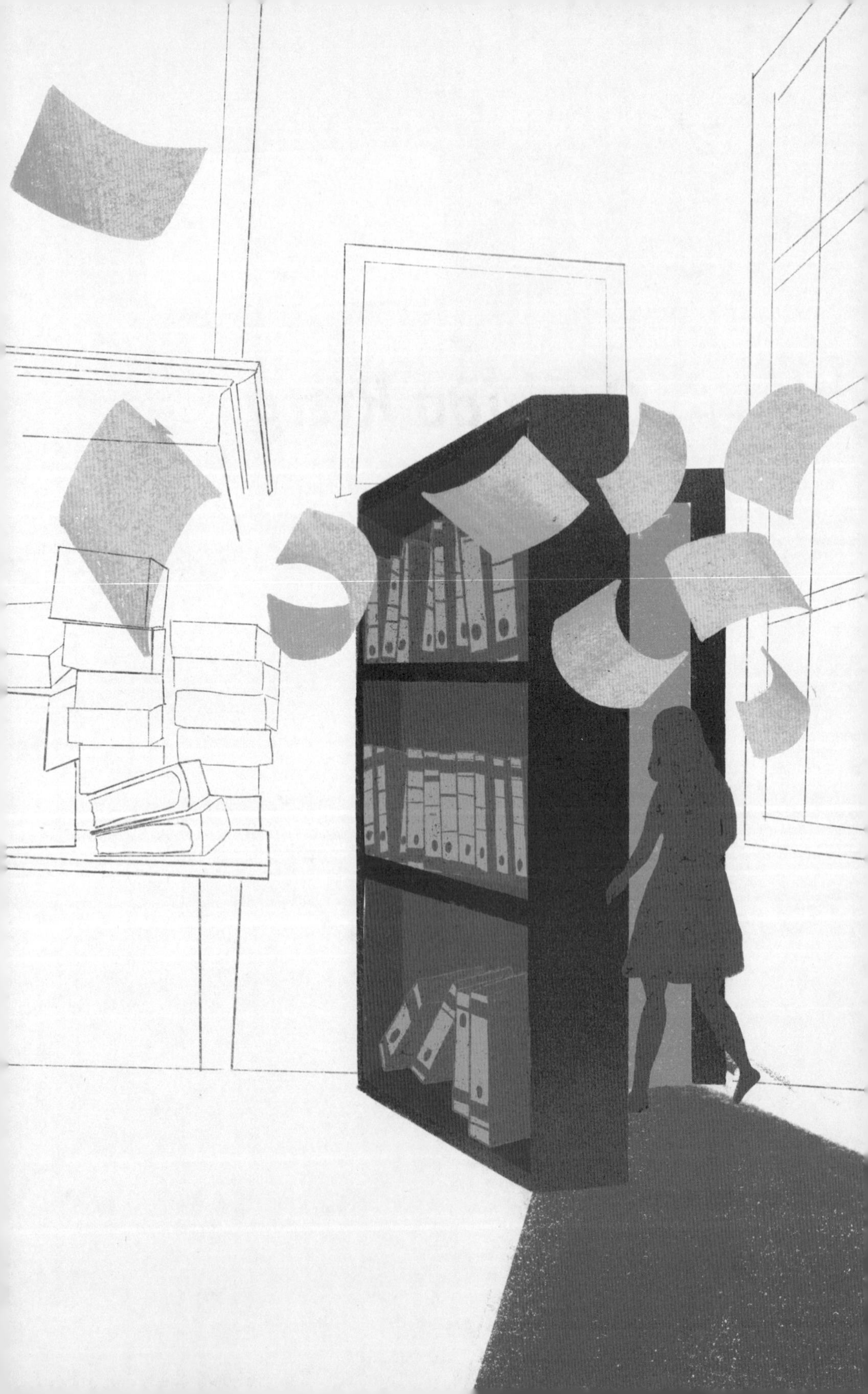

ANNE FRANK

Querida Kitty
Esboço de romance em cartas

TRADUÇÃO
Wagner Schadeck

PREFÁCIO
Michel Gherman e Júlia Amaral

EDITORA
NOVA
FRONTEIRA

Título original: *Liebe Kitty: Ihr Romanentwurf in Briefen*

Direitos de edição da obra em língua portuguesa no Brasil adquiridos pela EDITORA NOVA FRONTEIRA PARTICIPAÇÕES S.A. Todos os direitos reservados. Nenhuma parte desta obra pode ser apropriada e estocada em sistema de banco de dados ou processo similar, em qualquer forma ou meio, seja eletrônico, de fotocópia, gravação etc., sem a permissão do detentor do copirraite.

EDITORA NOVA FRONTEIRA PARTICIPAÇÕES S.A.
Av. Rio Branco, 115 — Salas 1201 a 1205 — Centro — 20040-004
Rio de Janeiro — RJ — Brasil
Tel.: (21) 3882-8200

Dados Internacionais de Catalogação na Publicação (CIP)

F828q   Frank, Anne

Querida Kitty: esboço de romance em cartas/ Anne Frank; tradução por Wagner Schadeck; prefácio de Michel Gherman e Júlia Amaral. — 1.ª ed. — Rio de Janeiro: Nova Fronteira, 2023.
224 p.; 15,5 x 23 cm

Título original: *Liebe Kitty: Ihr romanentwurf in briefen*

ISBN: 978-65-5640-642-8

1. Literatura alemã. I. Schadeck, Wagner. II. Título.

CDD: 833
CDU: 821.112.2

André Queiroz – CRB-4/2242

CONHEÇA OUTROS LIVROS DA EDITORA:

Sumário

Nota editorial 11
Um grito de inspiração e advertência 13

A casa dos fundos 17
20 de junho de 1942 19
21 de junho de 1942 21
Quarta-feira, 24 de junho de 1942 23
Quarta-feira, 1 de julho de 1942 25
Domingo de manhã, 5 de julho de 1942 27
Quarta-feira, 8 de julho de 1942 29
Quinta-feira, 9 de julho de 1942 32
Sexta-feira, 10 de julho de 1942 34
Sábado, 11 de julho de 1942 36
Sexta-feira, 14 de agosto de 1942 38
Sexta-feira, 21 de agosto de 1942 40
Quarta-feira, 2 de setembro de 1942 42
Segunda-feira, 21 de setembro de 1942 45

Sexta-feira, 25 de setembro 1942 47

Domingo, 27 de setembro de 1942 49

Segunda-feira, 28 de setembro de 1942 51

Terça-feira, 29 de setembro de 1942 54

Quinta-feira, 1 de outubro de 1942 56

Sexta-feira, 9 de outubro de 1942 58

Terça-feira, 20 de outubro de 1942 60

Quinta-feira, 29 de outubro de 1942 62

Sábado, 7 de novembro de 1942 63

Segunda-feira, 9 de novembro de 1942 66

Terça-feira, 10 de novembro de 1942 68

Quinta-feira, 12 de novembro de 1942 69

Terça-feira, 17 de novembro de 1942 70

Quinta-feira, 19 de novembro de 1942 73

Sexta-feira, 20 de novembro de 1942 75

Sábado, 28 de novembro de 1942 77

Segunda-feira, 7 de dezembro de 1942 79

Quinta-feira, 10 de dezembro de 1942 82

Domingo, 13 de dezembro de 1942 84

Terça-feira, 22 de dezembro de 1942 86

Quarta-feira, 13 de janeiro de 1943 88

Sábado, 30 de janeiro de 1943 90

Sexta-feira, 5 de fevereiro de 1943 92
Sábado, 27 de fevereiro de 1943 94
Quinta-feira, 4 de março de 1943 95
Quarta-feira, 10 de março de 1943 97
Sexta-feira, 12 de março de 1943 99
Quinta-feira, 18 de março de 1943 101
Sexta-feira, 19 de março de 1943 102
Quinta-feira, 25 de março de 1943 104
Sábado, 27 de março de 1943 107
Quinta-feira, 1 de abril de 1943 109
Sexta-feira, 2 de abril de 1943 111
Terça-feira, 27 de abril de 1943 113
Sábado, 1 de maio de 1943 115
Terça-feira, 18 de maio de 1943 116
Domingo, 13 de junho de 1943 118
Terça-feira, 15 de junho de 1943 120
Domingo, 11 de julho de 1943 122
Sexta-feira, 16 de julho de 1943 124
Segunda-feira, 19 julho de 1943 125
Sexta-feira, 23 de julho de 1943 126
Segunda-feira, 26 de julho de 1943 127
Quinta-feira, 29 de julho de 1943 129

Terça-feira, 3 de agosto de 1943 131

Quarta-feira, 4 de agosto de 1943 133

Quinta-feira, 5 de agosto de 1943 136

Sábado, 7 de agosto de 1943 138

Segunda-feira, 9 de agosto de 1943 141

Terça-feira, 10 de agosto de 1943 144

Sexta-feira, 10 de setembro de 1943 146

Quinta-feira, 16 de setembro de 1943 148

Quarta-feira, 29 de setembro de 1943 150

Domingo, 17 de outubro de 1943 151

Sexta-feira, 29 de outubro de 1943 152

Quarta-feira, 3 de novembro de 1943 154

Segunda-feira à noite, 8 de novembro de 1943 156

Quinta-feira, 11 de novembro de 1943 158

Quarta-feira, 17 de novembro de 1943 161

Sábado, 27 de novembro de 1943 163

Segunda-feira, 6 de dezembro de 1943 165

Quarta-feira, 22 de dezembro de 1943 168

Sexta-feira, 24 de dezembro de 1943 170

Domingo, 2 de janeiro de 1944 172

Quinta-feira, 6 de janeiro de 1944 174

Sexta-feira, 7 de janeiro de 1944 176

Quarta-feira, 12 de janeiro de 1944 178

Sábado, 15 de janeiro de 1944 180

Sábado, 22 de janeiro de 1944 182

Segunda-feira, 24 de janeiro de 1944 184

Sexta-feira, 28 de janeiro de 1944 187

Sexta-feira, 28 de janeiro de 1944 188

Quinta-feira, 3 de fevereiro de 1944 191

Terça-feira, 8 de fevereiro de 1944 195

Sábado, 12 de fevereiro de 1944 197

Segunda-feira, 14 de fevereiro de 1944 198

Quinta-feira, 17 de fevereiro de 1944 200

Quarta-feira, 1 de março de 1944 202

Terça-feira, 7 de março de 1944 204

Domingo, 12 de março de 1944 207

Terça-feira, 14 de março de 1944 209

Quinta-feira, 16 de março de 1944 212

Sexta-feira, 17 de março de 1944 214

Quinta-feira, 23 de março de 1944 215

Segunda-feira, 27 de março de 1944 217

Quarta-feira, 29 de março de 1944 220

Nota editorial

O diário foi um presente que Anne Frank ganhou em seu aniversário de 13 anos, em junho de 1942. Menos de um mês depois, sua família decidiu esconder-se, temendo a perseguição nazista, em local que Anne chamou de Casa dos Fundos, ou Anexo Secreto.

Escondida ao longo de dois anos, entre junho de 1942 e agosto de 1944, Anne escreveu em seu diário com constância, relatando a rotina daquela vida oculta, além de revelar os medos que sentia, suas insatisfações e seus desejos. Da denúncia, seguida pela invasão na Casa dos Fundos e o envio de seus moradores para campos de concentração, sobreviveu apenas Otto, pai de Anne. Em seu retorno, Miep Gies, uma das pessoas que os ajudaram e que se tornou amiga fiel de Otto, entregou-lhe um envelope com os papéis de Anne. Miep os havia guardado em uma gaveta, na esperança de devolvê-los à jovem quando ela retornasse. Entregou então os escritos — além do diário, havia diversos papéis avulsos — ao pai, que descobriu o espírito aguçado da filha e percebeu a necessidade de contar ao mundo, pelo olhar de Anne, tudo o que eles viveram naquele período. Otto selecionou cuidadosamente os trechos, sob seu crivo de editor, pai e personagem, e o diário que ficou mundialmente famoso é resultado dessa acurada organização.

Anne, contudo, já havia se dedicado a uma organização própria. Em março de 1944, os moradores da Casa dos Fundos ouviram o pronunciamento de um ministro, convocando a população a guardar documentos do período da guerra. A partir desse momento, Anne releu o seu diário, reescreveu, acrescentou e eliminou trechos. Desejava publicá-lo quando a guerra acabasse e trabalhava com afinco para deixá-lo pronto. Era o nascimento de uma escritora.

Esta é a versão preparada por Anne Frank e lançada originalmente 75 anos após o falecimento de sua autora. Como seu processo de edição foi interrompido com a chegada dos nazistas, o romance em formato de cartas abrange o período de 20 de junho de 1942 a 29 de março de

1944. Há, portanto, diferenças entre esta e a versão conhecida como *O diário de Anne Frank*. O teor evidentemente é o mesmo, o leitor se comoverá com essa perspicaz e afiada narrativa tanto em uma quanto em outra versão, mas aqui está a escritora Anne Frank tal qual a jovem gostaria de ser apresentada.

Um grito de inspiração e advertência

Michel Gherman e Júlia Amaral

Proibições de fazer coisas básicas, ter um animal de estimação ou uma bicicleta. Discriminação, sabotagens, saques, prisões deliberadas, deportações de vizinhos e amigos e assassinatos. Esse se tornou o cenário da vida dos judeus na medida em que o Estado Nazista aplicava sua política racial, na Alemanha e nos territórios ocupados, quase nove décadas atrás. Os que puderam deixaram a Europa. Outros muitos se esconderam como conseguiram. Milhões foram deportados. Podemos imaginar o que sentiam? O que será que gostariam de dizer a nós, que não conhecemos essa realidade? Anne Frank desejou dizer muitas coisas, que o leitor conhecerá nas próximas páginas.

A família Frank, da qual Anne era a filha mais nova, junto à família Van Pels e Fritz Pfeffer, se escondeu nos fundos da fábrica onde trabalhava Otto Frank, pai de Anne, em Amsterdã, na Holanda. O país havia sido invadido pelos nazistas em 1940. Ali, na chamada Casa dos Fundos, os oito judeus permaneceram escondidos por pouco mais de dois anos, a partir de meados de 1942, até serem descobertos, presos e enviados a campos de concentração, em 1944. Ali, Anne, uma menina de então 13 anos, escrevia seu diário, e nomeou de Kitty a destinatária de suas cartas.

Kitty seria sua amiga confidente, para quem Anne escreveu o cotidiano das famílias escondidas na Casa dos Fundos, seus atritos e cumplicidades, e também seus próprios desejos, sonhos, medos e percepções adolescentes. Mais que um diário juvenil e privado, Anne Frank escreveu textos para serem lidos: gostaria de ser escritora. Jovem interessada por histórias, livros e leituras, Anne era uma tagarela entusiasmada. Ao ouvir no rádio uma mensagem que incentivava as pessoas a guardarem documentos primários, cartas e diários, para que o mundo conhecesse a realidade enfrentada pelos holandeses quando a guerra tivesse fim, Anne começou a reorganizar seus textos, experimentar as escritas, as grafias e as edições.

Seus textos foram guardados e entregues ao pai de Anne, único sobrevivente dentre os confinados, e publicados em uma primeira versão, editada por ele, em 1947. De lá para cá, o diário foi traduzido em todo o mundo, adaptado para peças teatrais, filmes, séries e quadrinhos. Anne tornou-se um fenômeno muito maior do que poderia imaginar.

No entanto, mesmo com todo o encanto dos escritos de Anne Frank, é preciso lembrar que seu destino, prematuramente interrompido, foi o mesmo de vários outros jovens, crianças, idosos e adultos, que compartilhavam com ela o acaso de serem judeus em uma Europa marcada pelas políticas genocidas. O destino interrompido de milhões de outros sonhos. Uma entre tantos, a história da adolescente se renova em importância para os dias hoje. Com ela, se reavivam as preocupações com os acontecimentos da vida social, que implacavelmente se infiltram em todos os cômodos. Mas se reavivam também a esperança e o ânimo sempre presentes entre os sentimentos de Anne, mesmo diante das dificuldades da realidade.

Jovem madura e complexa, sempre duas, como ela escreve, Anne se apresenta para nós em seu diário com suas próprias palavras e intencionalidades, em um texto que ela sonhou que o mundo conhecesse. Com os ecos de seu diário pelo mundo, Anne se tornou várias. Depois de décadas, a história de Anne Frank continua a mobilizar corações e mentes no mundo inteiro. É interessante pensarmos o que seria da menina e sua família se não tivessem sido vitimados pelo terror nazista. A leitura do diário nos faz imaginar o potencial que teria sua autora.

As páginas do diário são cativantes e bem escritas. Estaríamos lidando com uma autora premiada que viajaria pelo mundo lançando livros e suas novas obras em palestras concorridas? Nunca saberemos, e essa é uma das angústias que nos leva a entender o que significou o genocídio perpetrado pelo regime nazista. Um Estado dominado pelo afã eliminacionista acabou por convencer seus cidadãos de que uma menina de 13 anos escondida no sótão de uma casa era uma inimiga perigosa, que estava, por ser quem era, condenada à morte.

Denunciada e encontrada pouco menos de um ano antes do final da guerra, Anne foi levada para o campo de Auschwitz e, depois, ela e sua irmã foram deportadas ao campo de Bergen-Belsen, onde encontraram a morte. Assim como para outros milhões de pessoas, os campos da morte, os guetos e as florestas foram seus últimos destinos.

Muitas dessas vítimas deixaram apenas um silêncio aterrorizante como herança. Conhecemos seus destinos pelos testemunhos dos que ficaram e lutaram por fazer-se ouvir sobre o que havia acontecido no coração da Europa entre os anos 1932 e 1945. Anne Frank, entretanto, conseguiu deixar muito mais do que o silêncio. Sua obra serve hoje como um farol antinazista. Sua história inspira milhões de jovens e crianças pelo mundo afora. Seu legado é uma denúncia do que pode acontecer com um mundo que se deixa seduzir por ideias racistas e odiosas.

Nesse contexto, cabe celebrar o atual lançamento desta edição no Brasil de 2023. Poucos países tiveram contato com o discurso de ódio como o nosso. Uma estrutura de *fake news* e negacionismo que cindiu famílias, produziu violência e ceifou diálogos possíveis. Nos últimos anos, percebemos fenômenos de extremismo político e de avanço do radicalismo de direita de maneira que não imaginávamos ser possível.

Muitos estudiosos chegam a dizer que o Brasil passa por uma espécie de "epidemia de neonazismo". O crescimento de grupos de extrema direita e neonazistas políticos é preocupante. Ataque a escolas, circulação de material de ódio nas redes sociais e casos de ameaças a professores chegam a ser preocupação de segurança pública. Pesquisas mostram que nenhum outro lugar no mundo tece um aumento tão significativo de posições políticas ligadas a uma gramática de ódio, ao fascismo, ao nazismo e ao neonazismo.

Alguns dirão que não devemos nos preocupar tanto. Dirão que nem sequer devemos comparar o que acontece hoje com o nazismo da primeira metade do século XX na Europa, afinal, eles dizem, Auschwitz está apenas no retrovisor, e não no horizonte de nossa sociedade. A obra de Anne Frank mostra que a coisa não é bem assim. Auschwitz não surgiu repentinamente, ele foi construído cuidadosamente com discurso de ódio e racismo durante toda uma década. Nesse sentido, mais do que 1941, para entendermos as práticas genocidas nazistas, devemos olhar para a ascensão do nazismo em 1932. Para que evitemos as práticas de extermínio, é preciso combater, quando ainda é possível, os discursos racistas e de intolerância.

Os escritos de Anne, assim, constituem-se como um sopro de racionalidade no meio da espiral de ódio que a Europa havia se tornado. Seu diário mostra como sonhar é necessário e possível.

Não é casual que sua publicação gere incômodos hoje no Brasil. *Querida Kitty* inspira aqueles que querem sonhar e adverte para os pesadelos gerados por ideias eliminacionistas e violentas. Esta edição do diário, que mostra aquilo que Anne Frank realmente gostaria de dizer ao mundo, é mais do que nunca necessária para novos leitores brasileiros. Que sua obra continue a ser, de uma só vez, inspiração e advertência para todos nós.

A casa dos fundos

É uma sensação estranha para alguém como eu escrever um diário. Não só eu nunca escrevi um antes, como acho que ninguém, nem eu nem qualquer outra pessoa, jamais se interessará por sentimentos e pensamentos íntimos de uma mocinha de 13 anos. Mas na verdade isso pouco importa; tenho vontade de escrever e, acima de tudo, quero tirar tudo do meu coração.

"O papel é mais paciente do que as pessoas." Esse ditado me ocorreu quando eu, num dos meus dias levemente melancólicos, encontrava-me entediada, com a cabeça apoiada nas mãos, sem saber se deveria sair ou ficar em casa, e então acabei ficando ali, sentada, meditando. De fato, o papel é paciente, e como não tenho intenção de deixar ninguém ler este caderno de capa dura com o pomposo nome de "Diário" — a menos que eu possa encontrar "o" amigo ou "a" amiga, em algum momento da minha vida —, provavelmente isso também não tem importância.

Agora cheguei ao ponto em que toda a ideia do diário surgiu: não tenho amiga.

Para ser mais clara, é preciso uma explicação, porque ninguém consegue entender como uma menina de 13 anos está sozinha no mundo, e não é bem assim. Tenho pais amorosos e uma irmã de 16 anos, tenho, ao todo, pelo menos trinta conhecidas ou o que se costuma chamar de amigas, tenho um monte de admiradores que me encaram nos olhos e, se necessário, até tentam me espiar, em sala de aula, com um espelho de bolso partido, tenho família, tias carinhosas e uma boa casa. Não, obviamente não sinto falta de nada, a não ser de ter "a" amiga. Não posso fazer nada com nenhum dos meus conhecidos além de me divertir; só posso falar sobre coisas do dia a dia e nunca de coisas mais íntimas, e esse é o problema. Talvez a culpa pela falta de confiança seja minha. De qualquer modo, infelizmente, é algo que não pode ser mudado. Daí surgiu este diário. Agora, para destacar ainda mais a figura da amiga tão desejada na minha imaginação, não quero apenas registrar fatos no meu diário como todo mundo faz; quero que este diário seja a própria amiga, e o nome dessa amiga é Kitty.

Como certamente ninguém entenderia o que conto a Kitty se eu fosse direto ao assunto, eu devo, embora com relutância, dar-lhes um breve resumo de minha biografia.

Meu pai, o pai mais adorável que conheci, já tinha 36 anos quando se casou com minha mãe, que na época tinha 25. Minha irmã Margot nasceu em 1926 em Frankfurt, na Alemanha. Em 12 de junho de 1929, eu cheguei, e, como somos judeus de puro sangue, emigramos para os Países Baixos em 1933, onde meu pai foi promovido a diretor da companhia holandesa Opekta, na indústria de geleias. Nossas vidas não foram desprovidas de emoção, pois o resto da família na Alemanha não foi poupada das leis antijudaicas de Hitler. Depois dos *pogroms* de 1938, meus dois tios, irmãos de minha mãe, fugiram para a América do Norte, e minha avó, com 73 anos na época, veio morar conosco. A partir de maio de 1940, os bons tempos terminaram: primeiro veio a guerra, depois a capitulação, a invasão alemã e então começou o sofrimento para nós, judeus. A cada lei antijudaica, a nossa liberdade tornava-se mais restrita, e, mesmo assim, ainda conseguimos resistir, apesar da Estrela, da segregação nas escolas, do toque de recolher etc. etc.

Vovó morreu em janeiro de 1942. Em outubro de 1941, Margot e eu havíamos sido transferidas para o Liceu Judaico, ela para o 4.º ano, e eu para o 1.º. Para uma família de quatro pessoas tudo está bem, e então chegamos à data de hoje, em que se inicia a solenidade de inauguração do meu diário.

Amsterdã
20 de junho de 1942
Anne Frank

20 de junho de 1942

Querida Kitty,

Vou começar logo; é tão agradável e tranquilo neste momento: o pai e a mãe saíram, e Margot está jogando tênis de mesa com um pessoal na casa de sua amiga Trees. Eu também tenho jogado muito tênis de mesa nos últimos tempos, tanto que nós, cinco meninas, iniciamos um clube. O clube se chama "Ursa Menor menos duas". Um nome bem maluco, que surgiu de um erro. Queríamos um nome especial para o nosso clube, e, por causa dos nossos cinco membros, pensamos imediatamente nas estrelas, a Ursa Menor. Pensávamos que ela tinha cinco estrelas, mas estávamos erradas: ela tem sete, assim como a Ursa Maior. Daí o "menos duas". Ilse Wagner tem uma mesa de tênis de mesa, e a grande sala de jantar dos Wagner está sempre à nossa disposição. Susanne Ledermann é a presidente, Jacqueline van Maarsen é a secretária e eu, Elizabeth Goslar e Ilse somos os demais membros. Como nós, jogadoras de tênis de mesa, gostamos muito de sorvete, sobretudo no verão, e como durante a partida acabamos suando, os jogos em geral terminam com uma ida às sorveterias mais próximas que permitem a entrada de judeus: a Oase ou a Delphi. Não nos preocupamos mais com dinheiro ou carteiras, porque a Oase costuma estar tão lotada que sempre encontramos senhores bondosos de nosso amplo círculo de conhecidos, ou um ou outro admirador que nos oferece mais sorvete do que tomaríamos em uma semana.

Suponho que esteja um pouco surpresa com o fato de que eu, jovem como sou (a mais jovem do clube), fale em admiradores. É uma pena (em alguns casos, não tanto) que esse mal pareça inevitável em nossa escola. Assim que um menino me pergunta se pode me acompanhar de bicicleta até minha casa e começamos a conversar, nove em cada dez vezes posso contar com o fato de que o menino em questão tem o inconveniente costume de se apaixonar e não mais largar meu pé. Depois de um tempo, a paixão se apaga, porque, na maioria das vezes, ignoro seus olhares ardentes e pedalo ainda mais. Quando a conversa começa a ficar muito animada, e eles passam a insinuar em fazer alguma pergunta disparatada ao meu pai, balanço um pouco o guidão da minha bicicleta; a mochila cai; por uma questão de cortesia, o rapaz precisa descer da bicicleta para a recolher; e, depois de ele me devolver a mochila, eu já terei desconversado.

Mas estes são só os inofensivos. Há também alguns que mandam beijos ou ousam pegar no meu braço, mas logo fica evidente que tomaram o rumo errado! Desço da bicicleta e recuso a companhia, ou me faço de ofendida e falo logo na cara para ele ir para casa.

Certo, já estabelecemos a base de nossa amizade. Até amanhã!

Sua Anne

21 de junho de 1942

Domingo.

Querida Kitty,

Nossa turma inteira de 1L11 está tremendo de medo, e naturalmente devido ao próximo conselho de classe. Metade da turma está apostando sobre quem passa de ano e quem fica retido. Miep Lobatto, minha vizinha do lado, e eu rimos bastante de dois colegas atrás de nós, Pim Pimentel e Jacques Kokernoot, que já apostaram toda a mesada de férias.

— Você vai passar de ano...

— Até parece!

— Vai sim...

E isso segue de manhã cedo até tarde da noite. Nem os olhares suplicantes de Miep, nem meus acessos de raiva podem aquietar os dois. Na minha opinião, um quarto da turma deve ficar retido, contando com esses dois idiotas, mas os professores são as pessoas mais imprevisíveis que existem, e quem sabe, excepcionalmente desta vez, sua imprevisibilidade seja algo bom.

Não estou com tanto medo por minhas colegas nem por mim. É provável que passemos de ano fazendo algum trabalho de casa ou com a prova de recuperação. Só tenho dúvidas em relação à matemática. Bem, espere para ver. Até lá, vamos nos encorajando.

Eu me dou muito bem com todos os professores. São nove ao todo: sete homens e duas mulheres. Por um tempo, o senhor Keesing, velho professor de matemática, irritou-se bastante comigo por eu conversar demais. Recebi várias broncas consecutivas até que ele me puniu com uma tarefa. Eu precisei escrever uma redação sobre o tema "Uma tagarela". Uma tagarela: o que se pode escrever sobre isso? Não é algo com que me preocupava; anotei na minha agenda, guardei-a na mochila e tratei de ficar calada.

À noite, em casa, quando terminei as outras tarefas, meu olhar foi cair justamente na anotação sobre a redação. Com a ponta da caneta-

-tinteiro na boca, comecei a pensar no assunto. Escrever e preencher as linhas deixando o maior espaço possível entre as letras é algo que qualquer um pode fazer, porém, encontrar um argumento convincente para a necessidade de conversar era uma arte. Pensei e pensei e de repente tive uma ideia: preenchi as três páginas requeridas e me dei por satisfeita. Os argumentos que usei eram que a conversa era um aspecto feminino, que eu estava fazendo todo o possível para me corrigir, mas que provavelmente nunca conseguiria eliminar de uma hora para outra esse hábito, já que minha mãe falava pelos cotovelos tanto quanto eu, se não mais, e que, sendo uma característica herdada, pouca coisa se podia fazer a respeito.

O senhor Keesing riu bastante dos meus argumentos; porém, na vez seguinte que conversei em sala, ele me puniu com outra redação. Desta vez, tive de escrever sobre "Uma tagarela incorrigível". Entreguei o texto, e, por duas aulas, o senhor Keesing não teve nada do que reclamar. Na terceira aula, no entanto, voltou a ficar bravo.

— Anne Frank, como punição por tagarelice, escreva uma redação sobre o assunto: "Quá, quá, quá, disse a dona Pata papuda."

A turma caiu na gargalhada. Eu também precisei rir, apesar de minha criatividade no campo das redações sobre tagarelas estar esgotada. Tinha que encontrar algo diferente, mais original. A sorte bateu à minha porta. Minha colega Susanne, boa poetisa, ofereceu-se para me ajudar a escrever a redação inteira em versos. Dei pulos de alegria. Keesing queria caçoar de mim com esse tema absurdo, mas eu então me vingaria dele em dobro ou triplo.

O poema ficou fabuloso! Tratava-se de uma mãe pata e de um pai cisne, com três patinhos que foram bicados pelo pai até a morte por grasnarem demais. Por sorte, Keesing entendeu a brincadeira. Ele leu o poema e fez comentários para a nossa turma e depois para algumas outras. Desde então, tenho permissão para conversar e nunca mais recebi qualquer tarefa como castigo. Pelo contrário, agora é Keesing quem sempre faz piadas.

Sua Anne

Quarta-feira,
24 de junho de 1942

Querida Kitty,

Que forno! Todo o mundo anda esbaforido e reclamando. E eu, com um calor desses, ainda preciso fazer tudo a pé. Só agora percebo como é bom andar de bonde, principalmente um bonde aberto, mas já não é permitido um divertimento desses a nós, judeus. Para nós, resta andar a pé por aí. Ontem, durante o almoço, precisei ir ao dentista na Jan Luijkenstraat, que é longe demais da nossa escola em Stadstimmertuinen. E, por isso, à tarde, na sala de aula, eu mal conseguia me manter acordada. É uma dádiva que as pessoas nos ofereçam algo para beber por conta própria. A assistente do dentista era realmente muito querida. O único veículo que ainda podemos usar é a balsa. Há um pequeno bote que parte de Jozef Israëlskade cujo barqueiro prontamente nos conduziu para atravessar até o outro lado. De fato, não é culpa dos holandeses que nós, judeus, estejamos numa situação tão ruim. Eu só queria não ter que ir para a escola! Minha bicicleta foi roubada durante as férias da Páscoa e meu pai deixou a bicicleta de minha mãe para que fosse guardada por cristãos conhecidos. Mas por sorte as férias logo se aproximam. Mais uma semana e o sofrimento vai acabar.

Ontem, pela manhã, aconteceu comigo algo bom. Ao passar pelo estacionamento de bicicletas, alguém me chamou. Olhei em torno e vi atrás de mim um menino simpático que havia conhecido na noite anterior na casa de Wilma. Um pouco envergonhado, o rapaz se aproximou e se apresentou como Hello Silberberg. Fiquei espantada, sem saber ao certo o que ele queria, mas logo ficou na cara que ele estava me procurando para me acompanhar até a escola.

— Se você vai por esse mesmo caminho, então vou com você! — respondi, e assim fomos juntos.

Hello já completou 16 anos e é capaz de conversar sobre várias coisas interessantes. Hoje pela manhã, ele voltou a me esperar e deve continuar assim.

Sua Anne

*Quarta-feira,
1 de julho de 1942*

Querida Kitty,

Só hoje encontrei tempo para voltar a escrever. Passei a tarde toda de quinta-feira com colegas, tivemos visitas na sexta, e foi assim até hoje.

Nesta semana, Hello e eu pudemos nos conhecer melhor. Ele me contou muito sobre si mesmo: é de Gelsenkirchen e está aqui, na Holanda, com seus avós, sem seus pais, que estão na Bélgica, e lhe é impossível ir para lá também. Hello tinha uma namorada, Úrsula, menina que conheço. É um modelo de gentileza e aborrecimento. Depois de me conhecer, Hello descobriu que Úrsula lhe dá sono. Logo eu sou uma espécie de despertador, nunca se sabe se algum dia lhe pode ser útil!

Segunda-feira à noite, Hello veio à minha casa para conhecer meus pais. Eu havia comprado bolos e doces, chá e bolachas, todo tipo de coisa, mas nem Hello nem eu queríamos ficar o tempo todo sentados numa cadeira um do lado do outro, então fomos dar uma volta juntos, e ele me deixou em casa só as 20h10. O pai estava furioso, achou indecente eu ter chegado tão tarde em casa. Precisei jurar que no futuro estaria em casa até 19h50. Fui convidada a ir a casa de Hello no próximo sábado. Jacque, minha colega, sempre tira sarro de mim por causa de Hello. Não, eu não tenho uma quedinha por ele, nada disso. Mas será que não posso ter amizades?

Papai tem estado muito em casa nos últimos tempos. Ele não tem mais o que fazer na empresa. Deve causar constrangimento à pessoa por ela se sentir inútil. O senhor Kleiman assumiu a Opekta, e a Gies & Co., empresa de especiarias e condimentos, que foi fundada só em 1941, passou a ser de propriedade de senhor Kugler. Há alguns dias, enquanto caminhávamos juntos pela nossa pracinha, papai começou a falar sobre começar a nos esconder, dizendo que seria muito difícil para nós vivermos totalmente isolados do mundo. Perguntei por que ele já estava falando sobre aquilo.

— Pois é, Anne — disse ele —, você sabe que há mais de um ano levamos roupas, mantimentos e móveis para outras pessoas, para que nossos pertences não caiam nas mãos dos alemães, mas queremos menos ainda ser capturados por eles. Por isso, vamos embora por conta própria, em vez de esperar que eles venham nos buscar.

— Mas, pai, quando?

Eu fiquei com receio, porque o pai disse com um ar bastante sério.

— Não se preocupe com isso. Nós cuidaremos de tudo. Aproveite sua vida despreocupada enquanto pode.

E não disse mais nada. Ah, espero que aquelas palavras tenebrosas demorem muito para virar realidade!

Sua Anne

*Domingo de manhã,
5 de julho de 1942*

Querida Kitty,

A cerimônia de entrega de boletins na sexta-feira, no Joodse Schouwburg, o Teatro Judaico, ocorreu conforme o planejado. Minhas notas não foram tão ruins assim: tenho só um insuficiente, um cinco em álgebra, mas todas as demais são sete, dois oitos e dois seis. Mesmo contentes em casa, meus pais são muito diferentes dos outros pais quando se trata de notas escolares. Eles não se importam com boletins bons ou ruins, apenas querem que eu tenha saúde, não seja muito bagunceira e que esteja me divertindo. Se essas três coisas estiverem em ordem, todo o resto se ajeita. Comigo ocorre o contrário: não quero ir mal nos estudos. Fui aceita em modo experimental no ensino médio, porque na verdade eu ainda deveria estar cursando a 7.ª série na Sexta Escola Montessori; porém, como todas as crianças judias tinham que ir para escolas judaicas, depois de algumas idas e vindas, Lies Goslar e eu fomos aceitas de modo condicional pelo senhor Elte. Lies também passou de ano, mas ficou em recuperação, com um exame difícil em geometria. Coitada! Lies nunca consegue estudar direito em casa; sua irmãzinha, um bebê mimado de quase dois anos, brinca o dia todo em seu quarto. Quando Gabi não consegue o que quer, ela grita, e se Lies não cuida da criança, é a dona Goslar que grita. É impossível que Lies estude adequadamente dessa maneira, e as inúmeras aulas de tutoria que ela recebe não ajudam muito.

Mas, também, a casa dos Goslar é uma zona! Um dos cinco quartos na Zuider Amstellaan está alugado; os avós de Lies moram no andar superior, mas também comem com a família; somam-se uma empregada, o bebê, o pai, sempre distraído e ausente, e a mãe, sempre nervosa e irada, já está esperando outro. Nesse tropel, Lies está trocando os pés pelas mãos.

Margot, minha irmã, também recebeu o boletim dela, brilhante como sempre. Se tivéssemos o *cum laude*,[1] ela teria sido aprovada com esse conceito. Ela tem mente brilhante!

A campainha tocou. É Hello. Por hoje basta!

Sua Anne

---

1 Com louvor. (N.E.)

*Quarta-feira,
8 de julho de 1942*

Querida Kitty,

Entre domingo de manhã e hoje parece que se passaram anos, tanta coisa aconteceu que é como se o mundo inteiro de repente girasse ao contrário, mas como você pode ver, Kitty, ainda estou viva, e isso é o que importa, como diz meu pai.

Sim, ainda estou viva, mas não pergunte onde nem como. Acho que hoje você não vai entender absolutamente nada, então vou começar contando o que aconteceu na tarde de domingo.

Às três horas (Hello tinha acabado de sair e queria voltar mais tarde), alguém tocou a campainha. Não tinha ouvido por estar lendo, deitada na espreguiçadeira da varanda, tomando sol. Um pouco em seguida, Margot apareceu bastante transtornada à porta da cozinha.

— Papai recebeu um chamado da SS — sussurrou ela. — Mamãe já foi encontrar com o senhor Van Pels.

Fiquei terrivelmente abalada. Um chamado, todo mundo sabe o que isso significa. E logo me vieram à mente campos de concentração e celas solitárias, e que era para lá que estávamos deixando nosso pai ir...

— Claro que ele não vai — explicou-me Margot, enquanto esperávamos por mamãe na sala. — Mamãe foi perguntar ao Van Pels se amanhã podemos ir para nosso esconderijo. A família Van Pels também se esconderá conosco, seremos sete.

Silêncio. Não conseguíamos mais falar, pensando na visita que papai, sem suspeitar de nada, fazia ao *Joodse Invalide*, o asilo judaico, enquanto esperávamos nossa mãe, num calor daqueles, naquela tensão, tudo aquilo nos deixava atônitos.

De repente, a campainha tocou outra vez.

— Deve ser o Hello — disse eu.

— Não abra! — Margot tentou me impedir, mas não era mais necessário, porque ouvimos mamãe e o senhor Van Pels conversando com Hello no andar de baixo, e, em seguida, eles entraram e fecharam a porta.

Toda vez que a campainha tocava, Margot ou eu descia em silêncio para ver se era o pai; não deixaríamos mais ninguém a não ser ele entrar.

Mandaram que Margot e eu saíssemos da sala. Van Pels queria falar em particular com mamãe. (Van Pels é um conhecido e sócio da empresa do meu pai.)

Quando estávamos em nosso quarto, Margot me disse que o chamado não havia sido remetido para papai, mas, sim, para ela. Voltei a ficar assustada e depois comecei a chorar. Margot tem 16 anos, e eles querem enviar essas meninas tão jovens sozinhas. Mas por sorte ela não iria, mamãe havia assegurado, e deve ter sido o que o pai quis dizer quando falou comigo sobre nos esconder.

Esconder! Onde nos esconderíamos? Na cidade, no campo, numa casa, num casebre, quando, como, onde...?

Eram perguntas demais para mim, mas que continuavam a surgir. Margot e eu começamos a guardar o essencial em uma mochila escolar: a primeira coisa que coloquei nela foi este caderno em capa dura, depois bobes de cabelo, lenços de bolso, livros escolares, pente, cartas velhas. Pensando no esconderijo, acabei por colocar ali na mochila as coisas mais absurdas, porém, não me arrependo: para mim, memórias são mais importantes que vestidos.

Meu pai enfim chegou em casa às cinco horas. Telefonamos para o senhor Kleiman e pedimos que ele viesse à noite. Van Pels saiu e foi buscar Miep. Ela veio, levou em uma bolsa alguns sapatos, vestidos, jaquetas, roupas íntimas e meias e prometeu retornar à noite. Em seguida, tudo ficou quieto em nosso apartamento, nenhum de nós quatro queria comer nada, ainda fazia muito calor e tudo aquilo era muito estranho.

Havíamos alugado o quarto grande no andar superior para um certo senhor Goldschmidt, um homem divorciado na faixa dos trinta anos, que parecia não ter nada para fazer naquela noite, pois ficou conosco até as dez horas, sem que pudesse ser persuadido a ir embora com palavras gentis. Às onze horas, Miep e Jan Gies chegaram. Miep trabalhava na empresa de papai desde 1933 e se tornou uma amiga íntima da família, assim como seu marido de pouco tempo, Jan. Sapatos, meias, livros e roupas íntimas entraram outra vez na bolsa de Miep e nos bolsos fundos do casaco e calças de Jan. Às onze e meia, os dois também desapareceram.

Eu estava morta de cansaço e, mesmo sabendo que seria a última noite na minha cama, peguei logo no sono e dormi até cinco e meia da manhã, quando mamãe me acordou. Por sorte, não fazia tanto calor quanto no domingo; uma chuva morna caiu durante todo o dia.

Nós quatro nos vestimos com tanta roupa que parecia que íamos passar a noite na geladeira, e foi só para poder levar mais algumas peças conosco. Nenhum judeu em nossa condição arriscaria sair de casa com uma mala cheia de roupas. Eu estava vestindo duas camisas, três calças, um vestido, por cima uma saia, casaco, sobretudo de verão, dois pares de meias, sapatos fechados, chapéu, cachecol e muito mais. Mesmo em casa eu mal conseguia respirar, mas ninguém se importou. Margot arrumou a mochila com os livros, tirou a bicicleta da garagem e pedalou atrás de Miep por uma distância que desconheço, porque ainda não sabia onde seria nosso misterioso destino.

Às sete e meia também fechamos a porta; eu só precisei me despedir de Moortje, meu gatinho, que acharia um bom lar com os vizinhos, segundo o bilhetinho que remeti ao senhor Goldschmidt.

As camas desarrumadas, as coisas do café da manhã ainda na mesa, meio quilo de carne para o gato na cozinha, tudo dava a impressão de que saímos às pressas. Pouco importava o que aquilo parecia, queríamos fugir... apenas fugir e chegar lá em segurança, nada mais.

Continuo amanhã.

Sua Anne

*Quinta-feira,
9 de julho de 1942*

Querida Kitty,

E assim nós caminhamos sob uma chuva torrencial, pai, mãe e eu, cada qual com uma mochila escolar ou sacola de compras, cheias até a beira com uma miscelânea de coisas. Os trabalhadores que iam para o batente logo cedo nos olhavam com pena. Era evidente em seus rostos o quanto lamentavam não poder nos oferecer nenhum meio de transporte; a chamativa estrela amarela falava por si. Só na rua meu pai e minha mãe falaram-me pouco a pouco sobre o plano de esconderijo. Durante meses, tínhamos retirado de casa o máximo possível de móveis e roupas a ponto de, agora, querer ir por vontade própria para o esconderijo, em 16 de julho. Por causa daquele chamado, o plano de esconderijo foi adiantado em dez dias, e teríamos que nos contentar com alojamentos menos organizados.

O esconderijo seria no prédio da empresa de papai. Visto de fora, não é algo muito fácil de entender, por isso vou explicar. Papai não tinha muitos funcionários, só o senhor Kugler, Kleiman e Miep, assim como Bep Voskuijl, datilógrafa de 23 anos, e todos sabiam da nossa chegada. No armazém, estava o gerente do armazém, o senhor Voskuijl, pai de Bep, a quem não havíamos contado, e dois funcionários.

O prédio está distribuído da seguinte maneira: no térreo, existe um grande armazém que serve de estoque, e está subdividido em diferentes áreas, como a sala de moagem, onde se moem a canela, o cravo e a pimenta artificial, seguida pelo depósito e a ala de vidros. Junto à porta do armazém, encontra-se a porta frontal, que dá acesso a uma escada atrás de uma porta intermediária. No topo da escada, há uma porta de vidro fosco, em que anteriormente se lia "escritório" em letras pretas. Este é o grande escritório da frente, muito amplo, muito iluminado, muito mobiliado.

Bep, Miep e o senhor Kleiman trabalham lá durante o dia. Passando por uma saleta com um cofre, um guarda-roupa e um grande armário, encontra-se o pequeno gabinete do diretor, escuro e cheirando a mofo.

O senhor Kugler e o senhor Van Pels costumavam trabalhar lá, agora só o primeiro. Pode-se também entrar no escritório de Kugler pelo corredor, mas só por uma porta de vidro que pode ser aberta por dentro, mas não facilmente por fora. Do escritório de Kugler pelo longo e estreito corredor, passando pelo depósito de carvão, subindo quatro degraus, encontra-se a atração principal de todo o edifício, o escritório particular. Móveis escuros e elegantes, linóleo e tapetes, rádio, luminária exuberante, tudo em ótimas condições. Ao lado, uma cozinha grande e espaçosa com aquecedor de água e fogão a gás com dois queimadores e, do outro, um retrete. Este é o primeiro andar. Sobe-se por uma escada de madeira simples a partir do corredor inferior. Acima há uma pequena antessala. Há uma porta à direita e à esquerda desta antessala; a da esquerda leva ao prédio da frente, com uma sala de especiarias, uma pequena sala de passagem, uma sala frontal, um sótão e um mezanino frontal. No prédio da frente, do outro lado, há uma escada longa, incrivelmente íngreme, holandesa de verdade, daquelas de quebrar a perna, que vai até a segunda porta da frente.

À direita da antessala está a "Casa dos Fundos". Ninguém adivinharia que há tantos quartos escondidos atrás de uma porta simples e pintada de cinza. Basta subir o degrau à frente da porta e já se está dentro. Há uma escada íngreme depois da porta. À esquerda, um pequeno corredor e um quarto, este quarto será a sala de estar e quarto da família Frank. Ao lado, um aposento menor, quarto e escritório das duas moças Frank. À direita da escada, há um quarto sem janela, com um lavatório e um pequeno banheiro separado, e outra porta que dá para o nosso quarto, meu e de Margot. Quando se sobem as escadas e abre-se a porta superior, fica-se surpreso que uma casa à beira do canal, já tão antiga, tenha uma sala tão grande, iluminada e espaçosa. Nesta sala, há um fogão (devido ao fato de que Kugler costumava usar o local como laboratório) e uma pia. Ou seja, será a cozinha e, ao mesmo tempo, o quarto do casal Van Pels, sala de estar geral, sala de jantar e escritório. Uma saleta de passagem será a acomodação de Peter van Pels. Além disso, como na frente, um sótão e um mezanino. Olhe, agora eu lhe apresentei toda a nossa bela Casa dos Fundos!

Sua Anne

*Sexta-feira,
10 de julho de 1942*

Querida Kitty,

Eu provavelmente aborreci você com minha tediosa descrição da casa, mas ainda acho necessário que você saiba onde fui parar; você descobrirá tudo o que aconteceu nas cartas seguintes.

Agora, gostaria de continuar a minha história, porque você sabe que ainda não terminei. Chegando ao número 263 da Prinsengracht, Miep logo nos conduziu pelo longo corredor e pelas escadas de madeira até o prédio dos fundos. Ela fechou a porta e ficamos a sós. Margot foi muito mais rápida de bicicleta e já estava esperando por nós. Nossa sala de estar e todos os outros aposentos estavam tão lotados de entulho que é difícil descrever. Todas as caixas que foram enviadas para o escritório nos últimos meses estavam jogadas no chão e em cima das camas; o pequeno quarto estava abarrotado até o teto com roupas de cama.

Se à noite quiséssemos dormir em camas bem-feitas, precisaríamos começar logo e arrumar tudo. Mamãe e Margot não conseguiam mexer um dedo; jaziam deitadas nas camas desarrumadas, extenuadas, esmorecidas e tudo o mais; porém, papai e eu, os dois faxineiros da família, estávamos prontos para começar.

Desempacotamos caixas durante todo o dia, separamos as coisas em armários, guardamos e arrumamos até, à noite, cairmos de cansaço nas camas limpas. Não havíamos comido nada quente o dia todo, mas isso não nos incomodou: mamãe e Margot estavam cansadas e aborrecidas demais para comer; papai e eu tínhamos muito trabalho a fazer. Terça-feira de manhã, recomeçamos de onde havíamos parado na véspera. Bep e Miep fizeram as compras com nossos cupons; papai arranjou os parcos panos para escurecer os quartos; esfregamos o piso da cozinha e ficamos ocupados outra vez da manhã à noite. Mal tive tempo de refletir sobre a grande mudança que havia ocorrido em minha vida, até que chegou a quarta-feira. Então, pela primeira vez desde que chegamos à Casa dos Fundos, tive a oportunidade de lhe contar o que estava acontecendo e, ao mesmo tempo, realmente tomar consciência daquilo que de fato havia acontecido comigo e do que estava prestes a acontecer.

Sua Anne

*Sábado,
11 de julho de 1942*

Querida Kitty,

Pai, mãe e Margot ainda não se acostumaram com o badalar do sino da Torre Oeste, tangido a cada quinze minutos. Eu gosto e gostei desde o início; é algo tão íntimo, especialmente à noite. Tenho certeza de que você vai se interessar em saber como é viver escondida. Ora, só posso lhe dizer que ainda não sei afirmar ao certo. Acho que nunca vou me sentir em casa aqui, mas isso não quer dizer que me pareça ruim; me sinto mais como se estivesse passando as férias em uma pensão muito estranha. Reconheço que se trata de uma noção disparatada demais do ponto de vista de quem está se escondendo, mas não seria diferente. A Casa dos Fundos é um esconderijo ideal e, embora seja úmido e as paredes estejam empenadas, não haverá em toda Amsterdã, talvez até em toda a Holanda, um esconderijo tão confortável e mobiliado.

Até agora nosso quartinho estava muito desolado com as janelas nuas. Graças a papai, que já havia trazido toda a minha coleção de cartões-postais e astros de cinema, pintei toda a parede com cola e fiz do aposento um único quadro.

Parece muito mais alegre assim e, quando a família Van Pels chegar, vamos fazer alguns armários pequenos e outras coisas bonitas com a madeira que está guardada no sótão. Margot e mamãe recuperaram-se um pouco; ontem, pela primeira vez, a mãe quis fazer sopa de ervilha; porém, quando começou a conversar lá embaixo, esqueceu-se da sopa, que queimou tanto que as ervilhas ficaram pretas como carvão e não puderam ser retiradas do fundo da panela. O senhor Kleiman me trouxe *O livro para jovens*. Ontem à noite, nós quatro fomos para o escritório particular e sintonizamos a estação da rádio inglesa. Estava tão apavorada que alguém ouvisse que literalmente implorei para que papai subisse comigo; mamãe me entendeu e me acompanhou. Quando se trata de outras coisas, também temos muito medo de que os vizinhos possam nos ouvir ou nos ver. Costuramos cortinas no primeiro dia, embora não se possa falar de cortinas, porque são apenas panos soltos, completamente diferentes na forma, qualidade e padrão, que meu pai e eu, de um modo muito pouco profissional, costuramos. Muitos ficaram tortos. Essas obras-primas foram fixadas na frente das janelas com tachinhas, para permanecer lá até o final do nosso tempo de esconderijo.

À nossa direita, fica uma filial da empresa Keg, de Zaandam; à esquerda, uma fábrica de móveis; as pessoas não ficam nos edifícios depois do expediente, mas ainda assim o barulho pode vazar. Por isso, também proibimos Margot de tossir à noite, embora ela tenha pegado um forte resfriado e precise ingerir grandes quantidades de codeína.

Estou de fato ansiosa pela chegada da família Van Pels, que está marcada para terça-feira. O ambiente será muito mais sociável e também menos tranquilo. É o silêncio que me deixa tão nervosa nas tardes e noites, e eu daria tudo de mim para que um de nossos protetores dormisse aqui.

Ontem, tivemos muito o que fazer; descaroçamos duas cestas de cerejas para o escritório; o senhor Kugler queria colocá-las em conserva. Fizemos pequenas estantes com os caixotes de cereja.

Durante o dia, temos sempre que andar sem fazer muito barulho e falar baixinho, pois não podemos ser ouvidos no armazém.

Alguém está me chamando agora.

Sua Anne

*Sexta-feira,
14 de agosto de 1942*

Querida Kitty,

Abandonei você por um mês, mas realmente não há muitas novidades e algo de bom para lhe dizer todos os dias.

A família Van Pels chegou em 13 de julho. Pensávamos que seria dia 14; porém, como entre os dias 13 e 16 os alemães enviaram chamados em todas as direções, causando cada vez mais consternação, a família achou que seria mais seguro chegar um dia antes. Às nove e meia da manhã (ainda tomávamos o café da manhã), veio Peter, o filho que ainda não tinha 16 anos completos, um rapaz bastante chato e tímido, de cuja companhia não se pode esperar muito. Sua mãe e seu pai chegaram meia hora depois. Para nossa grande diversão, a senhora tinha um grande penico em sua caixa de chapéus.

— Não me sinto em casa sem um penico — explicou ela.

E o penico foi a primeira coisa que ganhou um lugar definitivo, embaixo do sofá-cama. O senhor não trouxe um penico, mas a sua mesa de chá dobrável debaixo do braço. Fizemos uma boa refeição no primeiro dia, e, depois de três dias morando juntos, todos nós sete nos sentíamos como uma grande família. É evidente que os Van Pels ainda tinham muito a contar sobre a semana que passaram a mais do que nós no mundo exterior. Entre outras coisas, estávamos muito interessados em saber o que havia acontecido com nosso apartamento e com o senhor Goldschmidt.

O senhor Van Pels disse:

— Segunda-feira de manhã, às nove horas, o senhor Goldschmidt nos telefonou perguntando se eu podia passar lá. Logo parti e encontrei Goldschmidt em estado de grande agitação. Ele me mostrou um bilhete deixado pela família Frank, que lhe recomendava deixar o gato nos vizinhos, o que achei uma ótima ideia. Ele estava com medo de que houvesse uma busca na residência, então passamos em revista todos os quartos, arrumamos um pouco cada coisa e tiramos os pratos da mesa.

"De súbito, descobri uma nota na mesinha da senhora Frank com um endereço em Maastricht. Embora soubesse que ela havia deixado o bilhete de propósito, fingi surpresa e medo e pedi ao senhor Goldschmidt que queimasse o maldito papel.

"Continuei insistindo que não sabia nada sobre o desaparecimento de vocês; porém, depois de ver o bilhete, me surgiu uma boa ideia. 'Senhor Goldschmidt', disse eu, 'só agora do nada me ocorre algo sobre o endereço. Lembro-me muito bem que há cerca de seis meses havia um oficial de alto escalão no escritório, o qual, como se viu, era um bom amigo do senhor Frank desde a juventude, que lhe prometeu ajuda em caso de emergência, e que residia de fato em Maastricht. Desconfio que esse oficial manteve sua palavra e, de uma forma ou de outra, levou o senhor Frank consigo para a Bélgica e de lá para a Suíça. Sinta-se à vontade para dizer isso a conhecidos que possam perguntar sobre Frank. É claro que você não precisa mencionar Maastricht.'

"E então eu parti. A maioria de nossos conhecidos já sabe disso, e ouvi essa explicação em vários lugares."

Achamos a história muito engraçada, mas rimos ainda mais da imaginação das pessoas quando o senhor Van Pels disse o que outros conhecidos comentavam a nosso respeito.

Uma família de Merwedeplein tinha visto nós quatro de bicicleta no início da manhã, e outra mulher tinha certeza absoluta de que tínhamos sido levados em um caminhão militar no meio da noite.

Sua Anne

*Sexta-feira,
21 de agosto de 1942*

Querida Kitty,

Só agora nosso esconderijo se tornou um autêntico esconderijo. O senhor Kugler achou por bem colocar um armário em frente à entrada (pois, nas casas, costumam acontecer buscas por bicicletas escondidas), mas é evidente que se trata de um armário que pode ser girado e abre como uma porta.

O senhor Voskuijl foi quem fez o armário. Antes disso, as paredes da pequena sala tiveram que ser forradas com papel. (Informamos o senhor Voskuijl sobre as sete pessoas escondidas, ele em pessoa se dispôs a ajudar.) Agora, quando queremos descer, primeiro precisamos nos abaixar e depois saltar. Depois de três dias, estávamos todos andando com inchaços em nossas testas; eram galos de tanto bater nossa cabeça na porta baixa. Peter então acolchoou a porta o mais macio possível, pregando um pano com palha de madeira na parte da frente. Estou curiosa para saber se isso vai ajudar! Pouco tenho me importado em estudar, me dei férias da escola até setembro. Papai quer me dar aulas depois, mas primeiro temos que comprar todos os livros escolares novamente.

Miep e Jan foram procurar Goldschmidt para trazer algumas peças de roupas nossas, mas todos os armários estavam vazios. Goldschmidt disse que não conseguia entender como tínhamos comido nos últimos tempos, porque só havia um prato e uma xícara em casa. Não é horrível? Deus sabe o que foi feito com nossos pertences, mas é maldade privar a Miep de qualquer coisa. E ele não faz isso porque não quer dar nossas coisas para estranhos, pois conhece Miep muito bem. Ficamos muito aborrecidos, mas não podemos fazer nada a respeito.

Lá fora faz um tempo bom, e, apesar de tudo, aproveitamos o sol sempre que possível, deitando-nos na cama dobrável do sótão.

Eu ainda não tenho simpatia por Peter; ele é um menino chato, fica o dia inteiro na cama, faz um pouco de carpintaria e depois volta a tirar um cochilo. Que imbecil!

Sua Anne

*Quarta-feira,
2 de setembro de 1942*

Querida Kitty!

O senhor e a senhora Van Pels tiveram uma discussão acalorada. Nunca presenciei nada igual, porque meus pais jamais pensariam em gritar um com o outro daquela forma. O motivo era tão ridículo que nem valia a pena dizer uma palavra a respeito. Bom, cada qual sabe de si.

Sem dúvida é desconfortável para Peter; ele fica no meio do casal. Porém, ninguém mais o leva a sério, porque ele é terrivelmente melindroso e preguiçoso. Ontem, estava muito preocupado porque do nada sua língua ficou azul em vez de vermelha. No entanto, esse estranho fenômeno desapareceu tão rapidamente quanto surgiu. Hoje, ele anda com um cachecol grosso no pescoço porque está com torcicolo e também reclama de dor lombar. Também não lhe são estranhas as dores do coração, dos rins e dos pulmões. Ele é um autêntico hipocondríaco! (É assim que se chama, não é?)

Mamãe e a senhora Van Pels não se dão muito bem. Há bastante motivos para inconvenientes. Como um pequeno exemplo, gostaria de lhe contar que a senhora Van Pels agora tirou todos os lençóis, exceto três, do armário da lavanderia comum. Ela supõe, é claro, que a roupa da mãe pode ser usada para toda a família. Ela ficará profundamente desapontada quando perceber que mamãe seguiu seu bom exemplo. Além disso, ela está furiosa porque deixamos de usar os nossos talheres para usar os dela. Está sempre tentando descobrir onde pusemos os nossos pratos. Eles estão mais perto do que ela pensa, em caixas no sótão atrás de um monte de material promocional da Opekta. Enquanto nos escondermos, os pratos estarão fora de alcance, e ainda bem!

Eu enfrento adversidades o tempo todo. Ontem, despedacei um prato de sopa de louça da dona.

— Ah! — gritou ela com raiva. — Tenha um pouquinho mais de cuidado! É a *única* coisa que me resta!

(Por favor, tenha em mente, Kitty, que as duas senhoras aqui falam um holandês terrível. Não ouso dizer nada sobre os senhores; ficariam muito ofendidos. Se pudesse ouvir o balbucio, você riria alto. Nem prestamos mais atenção, não há nada que se possa fazer a respeito. Quando escrever sobre mamãe ou a senhora Van Pels, prefiro não reproduzir a fala delas, mas o holandês adequado.)

Na semana passada, tivemos uma pequena interrupção em nossa vida monótona por causa de um livro sobre mulheres e por causa de Peter. Você deve saber que Margot e Peter podem ler quase todos os livros que o senhor Kleiman nos empresta; porém, os adultos não queriam liberar este livro em especial por tratar do tema feminino. Isso despertou a curiosidade de Peter imediatamente. Que coisas proibidas estariam no livro? Ele o pegou em segredo de sua mãe enquanto ela estava conversando no andar inferior e correu com seu furto para o andar superior. Por dois dias, tudo ficou em ordem. A senhora Van Pels já sabia o que o menino estava fazendo, mas não revelou nada até que o senhor Van Pels descobriu. O homem ficou com muita raiva e pegou o livro de Peter, pensando que tudo aquilo tinha chegado ao fim, mas não contava com a curiosidade do filho, que não se intimidou nem um pouco com a atitude enérgica do pai.

O menino pensou em várias maneiras de como terminar de ler este livro interessantíssimo. A senhora Van Pels havia perguntado para mamãe o que ela achava do caso. A mãe não achava que o livro fosse bom para Margot, mas não via nada de errado com a maioria dos outros livros.

— Há uma grande diferença entre Margot e Peter — disse mamãe. — Em primeiro lugar, Margot é uma menina, e as meninas são sempre mais maduras do que os meninos. Em segundo lugar, Margot já leu mais livros sérios e não procura coisas que não são mais proibidas para ela. E, em terceiro lugar, ela tem muito mais desenvoltura e entendimento, resultado de seus quatro anos de ensino médio.

A senhora Van Pels concordou, mesmo no fundo achando errado permitir que os jovens pudessem ler livros para adultos.

A essa altura, Peter havia encontrado o momento exato em que ninguém mais estava prestando atenção no livro ou nele. Às sete e meia da noite, quando toda a família ouvia rádio no escritório particular, ele levou seu tesouro para o sótão. Deveria ter voltado lá embaixo às oito e meia, porém, como o livro era muito cativante, o menino se esqueceu da hora e estava descendo as escadas do sótão quando seu pai entrou na sala. O que se seguiu é evidente: um tapa, uma palmada e uma sacudida, o livro ficou na mesa, e Peter voltou ao sótão.

Tal era a situação quando a família foi jantar. Peter ficou lá em cima, sem que ninguém se importasse com ele, que teve que ir para a cama sem comer. Continuamos nossa refeição e conversamos alegremente, quando de repente um assobio penetrante nos alcançou. Largamos os garfos e nos olhamos com rostos pálidos e assustados.

Então ouvimos a voz de Peter chamando pelo duto da chaminé:
— E eu não vou descer mesmo!

O senhor Van Pels deu um pulo, seu guardanapo caiu no chão e, com o rosto ruborizado, exclamou:
— Já basta!

Meu pai segurou-lhe pelo braço porque temia o pior, e juntos os dois senhores foram para o sótão. Depois de muita relutância e briga, Peter acabou em seu quarto. A porta se fechou e continuamos comendo.

A senhora Van Pels queria deixar um sanduíche para seu filhinho, mas o senhor Van Pels foi inflexível.
— Se ele não se desculpar logo, vai ter que dormir no sótão!

Protestamos, dizendo que ficar sem jantar já era castigo suficiente. E, se o menino pegasse uma gripe, nem mesmo se poderia chamar um médico.

Peter não se desculpou e retornou ao andar superior. O senhor Van Pels não se preocupou mais com aquilo, mas percebeu pela manhã que a cama do filho tinha sido usada. Às sete horas, Peter estava de volta ao sótão, mas foi persuadido a descer pelas amáveis palavras do meu pai.

Três dias de caras mal-humoradas, tratamento de silêncio, e tudo voltou ao normal.

Sua Anne

Segunda-feira, 21 de setembro de 1942

Querida Kitty,

Hoje vou dar-lhe de modo breve as notícias gerais da Casa dos Fundos. Uma pequena lâmpada foi instalada sobre meu sofá-cama para que eu possa acioná-la puxando uma corda quando os tiros forem disparados. No momento, no entanto, isso não é possível porque nossa janela está aberta dia e noite.

O setor masculino da família Van Pels fez uma despensa grande, bem pintada e com tela contra mosquitos. Esse móvel admirável estava antes no quarto de Peter, mas foi colocado no sótão para manter o ambiente mais arejado.

A senhora Van Pels é insuportável. Continuo sendo repreendida pelo pessoal do andar superior por minha tagarelice, mas não dou a mínima para o que eles dizem! De vez em quando, recebemos notícias sobre os outros judeus, que infelizmente enfrentam dificuldades. Entre outras coisas, soube de uma menina da minha turma que foi capturada com a família.

O senhor Kleiman me traz alguns livros femininos toda semana. Adoro a coleção sobre Joop ter Heul. Em geral, gosto muito de tudo da Cissy van Marxveldt, já li *Um verão imprevisível* quatro vezes e ainda volto a rir das peripécias engraçadas.

Começamos a estudar. Estudo muito francês e memorizo cinco verbos irregulares todos os dias. Peter já iniciou sua lição de casa de inglês com reclamações. Alguns livros escolares acabaram de chegar, e eu trouxe de casa uma quantidade mais do que suficiente de cadernos, lápis, borrachas e etiquetas. Às vezes, ouço a *Rádio Oranje*, e recentemente príncipe Bernhard contou que por volta de janeiro eles terão um bebê. Estou feliz com isso; aqui não entendem por que eu sou tão favorável à casa real.

Há uns dias, falávamos sobre como eu ainda sou muito burra, e, como resultado, resolvi me dedicar bastante no dia seguinte. De fato, não quero completar 14 ou 15 anos e ainda estar na primeira série do ensino médio.

Também disseram que não tenho permissão para ler quase nada. No momento, mamãe lê *Senhores, criados, mulheres*, que é evidente que não posso ler (mas Margot pode!), pois preciso primeiro receber mais formação, como minha talentosa irmã. Em seguida, conversamos sobre minha ignorância em filosofia, em psicologia e em fisiologia, das quais sem dúvida não faço a menor ideia, mas talvez ano que vem eu já saiba mais! (Eu logo procurei essas palavras difíceis no dicionário *Koenen*!)

Cheguei à surpreendente constatação de que só tenho um vestido de manga comprida e três jaquetas para o inverno. Papai me permitiu tricotar um suéter de lã de ovelha branca, mas a lã não é de boa qualidade, embora aqueça bem. Ainda temos roupas com outras pessoas, incluindo os Broks, que infelizmente só podemos recobrar depois da guerra se ainda estiverem lá.

Enquanto lhe escrevia sobre a dona, hoje mais cedo, ela acabou entrando, e então fechei logo o caderno.

— Ai, Anne, não posso dar uma olhada?

— Não, senhora.

— Pelo menos a última página?

— Não, também não, senhora.

Claro que levei um grande choque, porque bem naquela página eu não a havia retratado com muita simpatia.

Sua Anne

*Sexta-feira,
25 de setembro 1942*

Querida Kitty,

Papai tem um velho conhecido, o senhor Dreher, um homem de uns 75 anos, com deficiência auditiva, adoentado e pobre. Ao seu lado, como um apêndice odioso, está uma mulher 27 anos mais nova, também pobre, mas ataviada com pulseiras e anéis, reais e falsos, remanescentes dos áureos tempos. Esse senhor Dreher já deu muito trabalho para meu pai, e sempre o admirei pela paciência com que atendia aos telefonemas daquele infeliz. Quando ainda estávamos em casa, mamãe sempre sugeria que papai colocasse uma vitrola na frente do telefone, que diria "Sim, senhor Dreher" e "Não, senhor Dreher" a cada três minutos, porque de qualquer maneira o velho não entendia coisa alguma das respostas detalhadas de meu pai.

Hoje, o senhor Dreher ligou para o escritório e perguntou ao senhor Kugler se ele poderia passar lá. O senhor Kugler não gostou da ideia e preferiu mandar Miep. Miep cancelou a visita por telefone. A senhora Dreher então ligou três vezes. E como Miep supostamente não estava a tarde toda no escritório, ela teve que imitar a voz da Bep ao telefone.

Lá embaixo, no escritório, e aqui, no andar superior, todos riram muito. Agora, toda vez que o telefone toca, Bep diz:

— É a senhora Dreher!

Miep começa a gargalhar e dar risadinhas indelicadas, dando uma impressão errada às pessoas do outro lado da linha. De fato, não existe uma empresa tão louca! Os diretores e as funcionárias se divertem juntos!

Às vezes, eu me encontro com a família Van Pels à noite para conversar. Depois comemos bolachas de melado com gosto de naftalina (o pote de bolachas estava em um guarda-roupa tratado) e nos divertimos. Outro dia, a conversa foi sobre Peter. Eu disse que Peter costumava afagar a minha bochecha e eu não gosto nada disso. De modo de fato paternal, eles me perguntaram se eu não poderia gostar um pouco de Peter, pois com certeza ele gostava muito de mim. Eu pensei "Oh, céus!" e disse:

— Ah, não!

Imagine isso! Pim (esse é o apelido do pai) precisa de lições de holandês, que lhe prometi há muito tempo, em troca da ajuda com o francês e outras matérias, mas ele comete erros extraordinários. Um deles foi dizer "o sapo bate nos olhos" em vez de "as ondas batem no molhe", um puro germanismo.

Tenho que dar o braço a torcer, porque a Comissão de Esconderijo da Casa dos Fundos (setor masculino) é muito inventiva. Basta ouvir o que eles inventaram agora para enviar uma mensagem nossa para o senhor Broks, o representante da Opekta que guarda nossas coisas às escondidas! Escreveram uma carta ao dono de uma loja, um cliente indireto da Opekta na Zelândia, de tal forma que o homem precisa preencher um bilhete de resposta e enviá-lo de volta num envelope anexo. Papai havia escrito à mão o endereço nesse envelope. Quando a carta voltar da Zelândia, o bilhete do cliente será retirado e um sinal de vida escrito à mão pelo meu pai será colocado no envelope. Assim o Broks vai ler a carta sem suspeitar de nada. Escolheram a Zelândia, entre todos os lugares, por ficar perto da Bélgica e, dessa forma, a mensagem pode ser facilmente contrabandeada na fronteira. Além disso, ninguém pode ir para lá sem uma permissão especial, e um mero representante como Broks certamente não teria essa permissão.

Sua Anne

Domingo,
27 de setembro de 1942

Querida Kitty,

    Tive uma briga com minha mãe pela enésima vez nesses tempos. É uma pena que as coisas não estejam indo muito bem entre nós, eu também não tenho me dado bem com Margot. Embora em nossa família nunca aconteça uma explosão como na lá de cima, nem sempre me é agradável. O jeito de ser da Margot e da mãe são estranhos demais para mim. Eu entendo minhas amigas melhor do que minha própria mãe, que pena!

    Costumamos falar sobre problemas do pós-guerra, por exemplo, de como não falar depreciativamente acerca de uma "empregada", palavra que achei menos ofensiva do que a diferença de tratamento entre "senhora" e "senhorita" em relação a mulheres casadas. Como de costume, a dona está carrancuda, ela é terrivelmente mal-humorada e esconde cada vez mais suas coisas pessoais. É triste que mamãe não aja da mesma forma quando algo dos Van Pels some.

    Algumas pessoas parecem ter um prazer especial em criar não apenas seus próprios filhos, mas também em educar os de seus amigos, como é o caso dos Van Pels. Não há nada para educar em Margot; ela é por natureza a bondosa, a meiga e inteligente, mas sou eu que carrego uma boa dose da porção de travessura que há nela. Mais de uma vez, as palavras de reprovação e as respostas atrevidas ricocheteiam à mesa. Meu pai e minha mãe me defendem ferozmente sempre; sem eles, eu não seria capaz de retomar a luta de novo e de novo com tanta firmeza. Embora continuem me dizendo que eu deveria falar menos, não me intrometer em nada e ser mais modesta, eu falho com mais frequência do que triunfo. E se papai não fosse sempre tão pacato, eu teria perdido a esperança há muito tempo de em algum momento atender às demandas paternas, que na verdade não são muito altas.

    Se eu me sirvo uma pequena porção de algum vegetal de que não gosto e como batatas, os Van Pels e sobretudo a dona não deixam de me repreender.

— Vamos, Anne, coma mais alguns vegetais — dizem.

— Não, obrigada, senhora — respondo. — As batatas já me são suficientes.

— Vegetais são muito saudáveis, sua mãe sempre diz isso também, coma mais...

Com a insistência, meu pai intervém e confirma minha recusa. E a dona então se enfurece:

— Então você deveria ter visto como em nossa casa as crianças eram educadas. Isso não é educação. Anne é terrivelmente mimada. Eu nunca permitiria isso se Anne fosse minha filha...

É assim que todo esse palavreado começa e termina: "Se Anne fosse minha filha." Bem, por sorte, não sou.

Mas retomando o nosso tópico de educação dos filhos: ontem, após as últimas palavras da dona, reinou o silêncio. E então o pai respondeu:

— Acho que Anne foi muito bem-educada, afinal, já aprendeu tanto que não responde mais aos seus longos sermões. E, quanto aos vegetais, não posso dar outra resposta senão "Cuide de si mesma".

A dona foi derrotada, completamente derrotada: "Cuide de si mesma", é claro, referindo-se à pequena quantidade de que ela se serviu. A dona explica-se pelo fato de que comer muitos vegetais antes de dormir lhe causam má digestão. Então ela deveria manter a boca fechada sobre mim. É tão engraçado ver a rapidez com que a senhora Van Pels fica corada, ao passo que eu não — caramba! —, o que a faz, em segredo, ficar ainda mais irritada!

Sua Anne

*Segunda-feira,
28 de setembro de 1942*

Querida Kitty,

Minha carta de ontem estava longe de ser terminada quando tive que parar de escrever. Não consigo suprimir o desejo de falar sobre outra controvérsia, mas antes de começar, aqui vai mais uma coisa:

Acho uma grande maluquice que os adultos briguem tão rápido, com tanta frequência e por todo tipo de coisa insignificante. Até então sempre pensei que brigar era um hábito infantil que eventualmente desapareceria. Claro, às vezes há uma razão para uma discussão "real", mas os argumentos aqui não passam de disputas. Já que essas disputas fazem parte da nossa rotina, deveria ter me acostumado; porém, não é esse o caso, e nada vai mudar isso enquanto me envolverem em quase todas as discussões (esta palavra é usada aqui em vez de briga; é um grande erro, claro, mas os alemães não fazem ideia disso!). Não poupam nada do que faço: meu comportamento, meu caráter, minhas maneiras, tudo é objeto de comentários, críticas, e além do mais com palavras duras e gritos, algo com que não fui acostumada. E, de acordo com a autoridade competente, devo engolir de bom grado. Jamais vou fazer isso! Não posso nem pensar em aceitar todos os insultos sobre mim. Vou lhes mostrar que Anne Frank não é nenhuma tola. Vão ficar perplexos e logo vão calar a boca quando eu lhes deixar claro que não precisam me educar, mas, sim, se educar primeiro. Que coisa é essa! Simplesmente bárbaro! Até agora fico perplexa com tanta grosseria e acima de tudo... estupidez (senhora Van Pels!), mas, assim que me acostumar, e não demorará muito, vou responder à altura e sem rodeios, depois disso eles definitivamente vão ter que falar de modo diferente! Seria eu de fato tão rude, atrevida, teimosa, imodesta, estúpida, preguiçosa etc. como pensa aquela gente do andar superior? Que nada! Eu sei muito bem que tenho muitos defeitos e fraquezas, mas esse pessoal simplesmente exagera!

Se ao menos você soubesse, Kitty, como às vezes meu sangue ferve com essa enxurrada de insultos. Não vai demorar muito mais para que minha raiva reprimida estoure.

Mas chega disso, já aborreci você o bastante com minhas brigas, e ainda assim não consigo resistir a repetir aqui outra discussão à mesa muito interessante. Por algum assunto, nos deparamos com a modéstia excessiva de Pim. Essa modéstia é fato comprovado, mesmo as pessoas mais idiotas são capazes de perceber. De repente, a dona, que tem sempre que se intrometer em cada conversa, disse:

— Eu também sou muito modesta, muito mais modesta do que meu marido!

Resta ainda alguma palavra a dizer? Esta frase mostra claramente como ela é modesta! O senhor Van Pels, que considerou necessário explicar esse "mais do que meu marido", detalhou com muita calma:

— Não quero ser modesto. Em minha experiência de vida, sempre notei que pessoas imodestas se dão muito melhor do que as modestas!

E então disse, virando-se para mim:

— É melhor não ser modesta, Anne, isso não leva você a lugar nenhum!

A mãe também concordou plenamente com essa opinião.

Porém, a senhora Van Pels, como sempre, teve que acrescentar seus dois centavos a este tópico sobre a educação e, desta vez, não se dirigiu a mim diretamente, mas aos meus pais, com as palavras:

— Vocês têm uma visão estranha da vida quando dizem algo assim para Anne. Mas na minha juventude era diferente, e definitivamente ainda é diferente hoje, a não ser na família de vocês, que é bastante moderna!

Esta última afirmação visava o método de educação moderna muitas vezes defendido por minha mãe.

A dona estava corada de exaltação, mas mamãe não estava, e alguém que fica corado fica cada vez mais exaltado por conta do calor e logo perde para o adversário.

Mamãe, ainda sem corar, queria acabar com tudo aquilo o mais rápido possível e pensou um pouco antes de responder:

— Senhora Van Pels, na verdade, concordo que é muito melhor não ser muito modesto na vida. Meu marido, Margot e Peter são extremamente modestos. Seu marido, Anne, a senhora e eu mesma não somos modestos, mas também não nos deixamos ser passados para trás.

A dona disse:

— Ah, mas não compreendo, senhora! Eu sou extremamente modesta! Como ousa me chamar de imodesta?

Minha mãe disse:

— Sem dúvida, a senhora não é imodesta, mas ninguém julgaria que seja particularmente modesta.

A dona replicou:

— De fato, eu gostaria de saber em que sou imodesta! Se eu não cuidasse de mim aqui, tenho certeza de que ninguém mais o faria, eu morreria à míngua; porém, isso me torna muito mais modesta do que seu marido.

Mamãe só pôde rir dessa ridícula autodefesa, o que enraiveceu a dona, que prosseguiu sua esplêndida palestra com uma longa série de magníficas palavras meio em alemão meio em holandês, até que a oradora nata ficou tão emaranhada nas próprias frases que, finalmente, levantou-se da cadeira e já estava prestes a sair da sala quando seus olhos caíram sobre mim. Você deveria ter visto! Infelizmente, eu havia balançado a cabeça por pena e ironia no exato momento em que ela se virou. Não de propósito, mas sem querer, segui toda a verborragia com atenção. A dona então retornou e começou a resmungar, barulhenta, em alemão, de modo rude e incivilizado, como uma vendedora de peixe gorda e rubicunda, dava até gosto de ver! Se eu fosse capaz de desenhar, gostaria de desenhá-la nessa pose, tão hilária era essa mulher maluca e estúpida!

Mas uma coisa eu aprendi: só conhecemos realmente as pessoas depois de termos uma discussão com elas, só então se pode julgar o caráter delas!

Sua Anne

Terça-feira,
29 de setembro de 1942

Querida Kitty,

Pessoas escondidas experimentam coisas estranhas! Imagine, como não temos banheira, nos lavamos em uma bacia, e como só o escritório (sempre me refiro a todo o andar de baixo) tem água quente, todos nós sete revezamos, aproveitando essa grande vantagem. Porém, como somos muito diferentes e a questão do pudor é maior para alguns do que para outros, cada membro da família escolheu seu próprio local de banho. Peter toma banho na cozinha, apesar de a cozinha ter uma porta de vidro. Quando está prestes a tomar banho, ele avisa a cada um de nós que não poderemos passar por ali por pelo menos meia hora. Para ele, esta precaução já basta. O senhor toma banho no andar superior. Para ele, a segurança de seu próprio quarto supera a inconveniência de carregar a água quente por todas as escadas. Por ora, a dona não está tomando banho e ainda está esperando para ver qual é o melhor local. Papai toma banho no escritório particular, e a mãe na cozinha atrás de um biombo. Margot e eu escolhemos o escritório da frente como lugar de banho. Na tarde de sábado, lá fechamos as cortinas, nos banhamos no escuro: uma se lava, enquanto a outra vigia por uma fresta da cortina e fica admirada com as pessoas engraçadas na rua. Desde a semana passada, não gosto mais deste local de banho e procuro uma solução mais cômoda. Foi Peter quem me deu a ideia de colocar minha pequena bacia no banheiro espaçoso do escritório. Posso sentar-me lá, acender a luz, trancar a porta, despejar a água em mim mesma sem a ajuda de outros e estar protegida de olhares indiscretos. No domingo, usei meu belo banheiro pela primeira vez, e, por mais louco que possa parecer, gosto mais dele do que de qualquer outro lugar.

Na quarta-feira, o encanador estava lá embaixo para mudar o encanamento e o cano de drenagem do banheiro do escritório para o corredor. Essa mudança foi feita tendo em vista um possível inverno frio e o congelamento das tubulações. A visita do encanador não foi nada boa, não só porque não podíamos deixar a água correr durante o dia, mas também porque não podíamos ir ao banheiro. Pode ser muito indelicado dizer-lhe o que fizemos para remediar esse mal, mas não sou tão melindrosa para não lhe contar sobre essas coisas. Papai e eu improvisamos um penico logo nos primeiros dias de esconderijo. Na falta de um vaso noturno, sacrificamos um pote de vidro para esse fim. Deixamos recipientes desses em nosso quarto durante a visita do encanador para fazer nossas necessidades durante o dia. Não achei isso tão assustador quanto o fato de ter que ficar sentada o dia todo e também não poder falar. Você não pode imaginar como isso foi difícil para senhorita Quá-quá-quá! Em dias normais, já precisamos sussurrar; não falar e não nos mover é dez vezes pior. Minha bunda estava completamente rígida e dolorida depois de ficar sentada por três dias seguidos. A ginástica noturna me ajudou bastante.

Sua Anne

*Quinta-feira,
1 de outubro de 1942*

Querida Kitty,

Ontem levei um terrível susto. Às oito da manhã, a campainha de repente tocou muito alto. Só conseguia pensar que seria adivinhe quem? Mas, quando todos insistiram que definitivamente eram travessuras ou os correios, eu me acalmei.

Os dias estão ficando quietos demais. Levinsohn, um pequeno farmacêutico e químico judeu, trabalha para o senhor Kugler na cozinha. Ele conhece toda a casa muito bem, por isso estávamos com medo de que ele pudesse ter a ideia de dar uma espiada no antigo laboratório. Ficamos tão quietos quanto filhotes de camundongos. Quem poderia ter adivinhado há três meses que a aloprada Anne precisaria e poderia ficar sentada por horas?

O aniversário da senhora Van Pels foi no dia 29. Não houve grande comemoração, mas ela foi homenageada com flores, pequenos presentes e boa comida. Cravos vermelhos da família de seu marido parecem ser uma tradição deles.

Continuando por um momento a falar da dona, posso lhe dizer que as tentativas dela de flertar com meu pai são uma fonte de problemas constantes para mim. Ela afaga a bochecha e o cabelo dele, ergue a saia alto demais, fala coisas que deveriam ser engraçadas, na tentativa de chamar a atenção de Pim. Por sorte, Pim não a acha bonita nem simpática e não cede à coqueteria.

Peter também pode ser engraçado de vez em quando. Pelo menos ele compartilha comigo de uma mania que faz as pessoas rirem, que é vestir fantasias. Ele, com um vestido muito apertado da dona, e eu, com seu terno, aparecemos bem trajados de chapéu e boné. Os adultos caíram na risada e nos divertimos bastante.

Bep comprou saias novas para Margot e para mim em Bijenkorf. Feitas com uma porcaria de tecido que parece um saco de juta, custam 24 e 7,75 florins, respectivamente. Quanta diferença dos antigos preços!

Outra coisa legal que está para ocorrer: Bep encomendou de uma dessas organizações um curso de taquigrafia por correspondência para mim, Margot e Peter. Você verá que seremos perfeitas taquígrafas no ano que vem! De qualquer forma, acho extremamente importante aprender esse código secreto de modo correto.

Para terminar as notícias incômodas, uma piada hilária do senhor Van Pels. O que faz 99 vezes "clique" e uma vez "claque"?

Uma centopeia com uma perna de pau!

Tchau, sua Anne

Sexta-feira,
9 de outubro de 1942

Querida Kitty,

Não tenho nada além de notícias ruins e deprimentes para você hoje. Vários de nossos conhecidos judeus estão sendo detidos em grupos. A Gestapo não é exatamente gentil com essas pessoas, que são simplesmente levadas em vagões de gado para Westerbork, para o grande acampamento judeu em Drenthe. Westerbork deve ser horrível, para milhares de pessoas há uma pia só, um banheiro e os dormitórios são uma bagunça. Homens, mulheres e crianças dormem juntos. Por isso, ouve-se falar de imoralidade sem-fim: várias mulheres e meninas que estão lá há mais tempo encontram-se grávidas.

A fuga é quase impossível. As pessoas nesse acampamento são todas distintas por suas cabeças raspadas e muitas também por sua aparência judaica.

Se as coisas já estão tão ruins na Holanda, como vão viver nos lugares remotos e bárbaros para onde estão sendo enviados? Presumimos que a maioria será assassinada. A emissora inglesa fala de câmaras de gás. Quem sabe essa seja a maneira mais rápida de morrer.

Estou completamente atônita. Miep conta todas essas histórias de terror de um modo muito comovente, e ela mesma também está muito perturbada. Recentemente, por exemplo, uma velha judia entrevada sentou-se na frente da porta de Miep e teve que esperar que a Gestapo fosse buscar um carro para levá-la embora. A pobre velha estava apavorada com os tiros cruéis contra os aviões ingleses que sobrevoavam a cidade e também com os clarões ofuscantes dos holofotes. Ainda assim, Miep não se atreveu a recolhê-la para dentro de casa, ninguém faria isso. Os senhores alemães não economizam em suas punições.

Bep também está taciturna. O namorado dela tem que ir para a Alemanha. Ela teme que os aviões que sobrevoam nossas casas joguem bombas, muitas vezes pesando mil toneladas, sobre a cabeça de Bertus.

Não acho graça em piadas como "é uma chance em um milhão" e "uma bomba já seria suficiente", não acho que sejam muito apropriadas aqui. Bertus não é o único que tem que ir, trens cheios de jovens partem todos os dias. Quando param em pequenas estações de trem ao longo do caminho, às vezes descem em segredo e tentam se esconder. Uma pequena proporção deles deve ter sucesso.

Ainda não terminei minhas queixas. Você já ouviu falar em reféns? Eles inventaram isso como uma novidade punitiva por sabotagem. É a coisa mais assustadora que se possa imaginar. Cidadãos inocentes e respeitáveis são jogados na prisão aguardando para serem assassinados. Se alguém comete sabotagem e não se sabe quem é, a Polícia Verde simplesmente coloca uns cinco reféns contra o paredão. Muitas vezes, há obituários para essas pessoas no jornal. O crime é descrito como um "acidente fatídico". Pessoas encantadoras, esses alemães! E eu também faço parte deles! Não, de jeito nenhum, Hitler nos tornou apátridas há muito tempo e, além disso, não há maior hostilidade no mundo do que entre alemães e judeus.

Sua Anne

*Terça-feira,
20 de outubro de 1942*

Querida Kitty,

Minha mão ainda está tremendo, embora o susto que levamos tenha acontecido há duas horas. Você deve saber que temos cinco dispositivos *Minimax* em casa para proteção contra incêndio. E como a gente lá embaixo é esperta demais, eles não nos avisaram quando o carpinteiro, ou o que quer que fosse, estava enchendo os aparelhos. Como resultado, não estávamos nem um pouco quietos até que ouvi o bater de um martelo do lado de fora na pequena sala (em frente à porta do nosso armário). Imediatamente pensei no carpinteiro e avisei Bep, que estava jantando conosco, que ela não podia descer. Papai e eu nos posicionamos à porta para ouvir quando o homem saísse. Depois de 15 minutos trabalhando, ele deixou seu martelo e outras ferramentas em cima do nosso armário (foi o que imaginamos!) e bateu à nossa porta. Empalidecemos. E se ele tivesse ouvido alguma coisa e agora quisesse investigar esse monstro? Parecia que o bater, o puxar, o empurrar e o sacudir não paravam. Quase desmaiei de angústia de que esse completo estranho conseguisse descobrir nosso belo esconderijo. E, justamente quando eu estava pensando que havia chegado o fim de meus dias, ouvimos a voz do senhor Kleiman:

— Abram, sou eu!

Imediatamente abrimos a porta. O que havia acontecido? O gancho que segurava a porta do armário estava preso, então ninguém pôde nos avisar sobre o carpinteiro. O homem havia descido e Kleiman queria pegar Bep, mas também não conseguiu abrir o armário. Não posso lhe dizer como me senti aliviada. O homem que pensei que queria entrar tinha assumido dimensões cada vez maiores na minha imaginação; no final, parecia um gigante, um desses fascistas do pior tipo!

Ufa! Por sorte, dessa vez as coisas acabaram bem para nós. Mas foi bom na segunda-feira, Miep e Jan passaram a noite conosco. Margot e eu dormimos com meu pai e minha mãe uma noite e cedemos nosso lugar para o casal Gies. O menu em sua homenagem tinha um sabor extraordinário, mas houve uma pequena tribulação quando a lâmpada do escritório de meu pai apagou e de repente estávamos no escuro. O que fazer? Até tínhamos fusíveis novos no prédio, mas o fusível tinha que ser afixado bem no fundo do armazém escuro, e isso não era uma tarefa tão agradável à noite. No entanto, os senhores ousaram ir até lá e, depois de dez minutos, pudemos abandonar a claridade solene das velas.

Bep também virá para uma visita à noite na próxima semana.

Sua Anne

*Quinta-feira,
29 de outubro de 1942*

Querida Kitty,

Ando muito preocupada. O pai está doente. Ele tem febre alta e uma erupção cutânea vermelha que parece sarampo. Imagine, não podemos nem chamar o médico! Mamãe o faz suar profusamente, para tentar baixar a febre.

Esta manhã, Miep disse que o apartamento dos Van Pels na Zuider Amstellaan tinha sido esvaziado. Nós ainda não contamos isso à dona. De qualquer maneira, ela tem estado tão "nervosa" ultimamente que não queremos ouvir mais queixas sobre suas belas louças e cadeiras elegantes que ficaram em casa. Também tivemos que abandonar quase tudo o que era bonito, de que serve a lamentação agora? Tenho tido permissão para ler livros de adultos com mais frequência. Atualmente estou lendo *A juventude de Eva*, de Nico van Suchtelen. Não acho que haja uma grande diferença entre romances para meninas e este livro. Papai tirou os dramas de Goethe e Schiller da estante grande e quer ler alguma coisa para mim todas as noites. Já começamos com *Don Carlos*.

Para seguir o bom exemplo de papai, mamãe me deu seu livro de orações. Por educação, li algumas orações em alemão. Achei bem legal, mas não significa muito para mim. Por que ela também está me forçando a ser tão devota e religiosa?

Amanhã, o aquecedor será ligado pela primeira vez. É provável que enchamos a casa de fumaça; há muito tempo não se limpa a chaminé. Esperemos que dê certo!

Sua Anne

*Sábado,
7 de novembro de 1942*

Querida Kitty,

    Mamãe está muito nervosa, e isso é sempre um risco para mim. Seria de fato uma coincidência que o pai e a mãe nunca repreendem Margot e eu sempre sou a culpada por tudo? Por exemplo, ontem à noite: Margot estava lendo um livro que tinha lindos desenhos. Levantou-se, subiu as escadas e abandonou o livro para continuar lendo depois. Eu não tinha nada para fazer, então peguei e olhei as ilustrações. Margot voltou, viu "seu" livro em minhas mãos, franziu a testa e, indignada, o exigiu de volta. Eu queria olhar mais um pouco; Margot estava ficando cada vez mais irritada; e mamãe interveio dizendo:

— Margot está lendo o livro, então devolva para ela!

    Meu pai entrou no quarto, nem sabia sobre o que era o assunto, viu que algo foi feito com Margot, então estalou os dedos para mim:

— Queria ver se fosse Margot quem estivesse folheando seu livro!

    Logo cedi, larguei o livro e saí da sala — como eles disseram — "magoada". Eu não estava magoada nem com raiva, apenas desapontada.

    Meu pai não estava certo em julgar sem conhecer o assunto. Eu teria dado o livro a Margot por conta própria, e muito mais rápido, se papai e mamãe não tivessem interferido e defendido Margot como se fosse a maior das injustiças.

    É desnecessário dizer que minha mãe defende a Margot; uma sempre defende a outra. Estou tão acostumada com isso que me tornei completamente insensível às exaltações de mamãe e ao humor irascível de Margot. Só gosto delas porque são minha mãe e irmã. Como pessoas, podem escorregar pela minha corcova! Com meu pai é diferente. Quando ele prefere a Margot, assinando embaixo de tudo o que ela faz, bajulando Margot, para mim é como uma bofetada, me dói muito, porque o pai é só meu, ele é meu grande modelo, não há mais ninguém em todo o mundo que eu mais ame do que meu pai.

Ele não percebe que trata Margot de maneira diferente do que me trata: Margot é a mais inteligente, a mais adorável, a mais bonita e a melhor. Mas também mereço ser levada um pouco a sério. Sempre fui a boba e a inútil da família, sempre tive que pagar dobrado por tudo, às vezes, com repreensões, e, às vezes, com o desespero. Agora, esse falatório superficial não me satisfaz mais, nem as conversas supostamente sérias, eu quero algo do pai que ele não pode me oferecer.

Não sinto inveja da Margot, nunca senti. Não cobiço sua inteligência e beleza, eu só adoraria sentir o verdadeiro amor de meu pai, não apenas como sua filha, mas como Anne em si mesma.

Eu me apego a papai porque todos os dias olho para mamãe com mais desprezo, e ele é o único que mantém minha última parte da família viva. O pai não entende que um dia vou ter que desabafar tudo da mamãe; ele não quer falar sobre isso; evita tudo aquilo que tenha a ver com os erros dela. Mas a mãe, com todas as suas fraquezas, é a que mais pesa em minha alma. Não sei como me comportar; não posso esfregar na cara dela sua bagunça, seu sarcasmo e sua amargura, mas também não posso me culpar sempre.

Sou o oposto dela em tudo, e é claro que isso leva a confrontos. Não julgo o caráter da mamãe, até porque não posso julgar isso, só a vejo como mãe. Para mim, mamãe não é uma mãe; eu mesma tenho que ser minha mãe. Eu me separei deles, prossigo sozinha e depois vou ver aonde chego.

Aliás, tudo isso tem a ver principalmente com o fato de eu mesma ter uma ideia muito clara de como deve ser uma mãe e uma mulher, e não vejo nada desse modelo na mulher que tenho que chamar de mãe.

Resolvo sempre deixar de dar atenção aos maus exemplos da mamãe; só quero ver o lado bom dela; e o que não encontro nela quero procurar em mim. Mas isso não funcionou, e o pior é que nem o pai nem a mãe percebem que, na minha vida, eles não estão me dando o que deveriam me dar e que eu os julgo por isso. Mas será que alguém pode de fato satisfazer seus filhos completamente?

Às vezes acho que Deus quer me testar, agora e no futuro. Será que devo me tornar uma boa pessoa por conta própria, sem modelos e sem conversas, para depois ser a mais forte?

Quem além de mim lerá mais tarde todas essas cartas? Quem além de mim me consolará? Porque muitas vezes preciso de consolo; muitas vezes não sou forte o suficiente e costumo mais fracassar do que dar provas do meu valor. Eu sei disso e continuo tentando melhorar a cada dia.

Porém, sou tratada injustamente. Um dia, Anne é muito prudente e pode saber tudo e, no outro, tenho que ouvir outra vez que Anne é apenas uma coisinha estúpida que não sabe nada e pensa que aprendeu maravilhas nos livros!

Não sou mais a bebê e a criança mimada que, além disso, podem ser ridicularizadas por tudo o que fazem. Eu tenho meus próprios ideais, ideias e planos; só que ainda não consigo expressá-los em palavras.

Ah, tantos pensamentos me vêm quando estou sozinha à noite, e também durante o dia, quando tenho que aturar pessoas que enchem meu saco ou que constantemente interpretam mal minhas intenções. Então, no final do dia, sempre volto ao meu diário; esse é meu ponto de partida e meu ponto de chegada, porque Kitty é sempre pacienciosa. Prometo a ela que, apesar de tudo, vou aguentar, seguir meu caminho e enxugar minhas lágrimas. Eu só gostaria de ver os resultados agora ou apenas ser encorajada por alguém que me ama.

Não me julgue, me considere alguém que às vezes se sente sobrecarregada por tudo.

Sua Anne

Segunda-feira, 9 de novembro de 1942

Querida Kitty,

Ontem foi o aniversário do Peter, ele fez 16 anos. Os presentes eram muito bonitos. Entre outras coisas, ele recebeu o jogo da Bolsa, uma navalha e um isqueiro. Não que ele fume tanto, nem sequer fuma, é só pelo charme. O senhor Van Pels trouxe-nos a maior surpresa quando, a uma hora, informou que os ingleses tinham desembarcado em Túnis, Argel, Casablanca e Oran. Este é o começo do fim, todos diziam, mas Churchill, o primeiro-ministro britânico, que deve ter ouvido a mesma exclamação na Inglaterra, disse:

— Este desembarque é um grande evento, mas não se deve pensar que este é o começo do fim. O que estou dizendo é que significa o fim do começo.

Você percebe a diferença? Há de fato motivos para otimismo: Stalingrado, a cidade russa defendida há três meses, ainda não caiu nas mãos dos alemães.

Voltando ao espírito da Casa dos Fundos, quero dizer que preciso escrever algo sobre nosso suprimento de alimentos. (Você deve saber que o andar superior é composto por verdadeiros gulosos!) Nosso pão é entregue por um padeiro muito simpático e conhecido de Kleiman. É evidente que não recebemos tanto quanto quando estávamos em casa, mas é o suficiente. Os cupons também são adquiridos às escondidas. O preço sempre aumenta, de 27 para 33 florins. E isso tudo não passa de uma folhinha de papel impresso!

Compramos 270 libras de leguminosas para que tivéssemos alguns itens imperecíveis em casa junto com nossas centenas de enlatados. Não é só para nós; consideramos também o escritório. As leguminosas foram penduradas em sacos por ganchos em nosso pequeno corredor (em frente à porta do esconderijo). Devido ao peso dos sacos, algumas costuras romperam.

Decidimos então transferir nossos suprimentos de inverno para o sótão e confiamos o transporte a Peter. Cinco dos seis sacos já haviam subido em segurança e Peter estava prestes a puxar o sexto quando a costura inferior do saco se rasgou, e uma chuva, ou melhor, uma enxurrada de feijões voou pelo ar e desceu as escadas. Havia cerca de cinquenta libras no saco, então foi um estrondo enorme. Lá embaixo, devem ter pensado que estavam desmoronando a velha casa com tudo mais. Peter se assustou por um instante, mas teve que rir terrivelmente quando me percebeu, ao pé da escada, como uma pequena ilha no meio de ondas de feijão, uma coisa marrom, chegando até meus tornozelos. Logo começamos a catar os feijões, mas os grãos são tão lisos e pequenos que rolaram por todos os cantos e frestas possíveis e impossíveis. Agora, toda vez que alguém sobe as escadas, abaixa-se para entregar um punhado de feijões à dona. Quase esqueci de mencionar que a doença de papai acabou completamente.

Sua Anne

P.S.: O rádio está informando que Argel caiu. Marrocos, Casablanca e Oran estão em mãos inglesas há alguns dias. Agora precisamos aguardar algo sobre Túnis.

Sua Anne

*Terça-feira,
10 de novembro de 1942*

Querida Kitty,

Fantástica notícia: queremos acomodar mais uma pessoa no esconderijo!

Sim, de fato, sempre pensamos que ainda havia bastante espaço e comida para uma oitava pessoa, só temíamos sobrecarregar Kugler e Kleiman ainda mais. Agora que as terríveis notícias externas sobre os judeus são cada vez piores, papai verificou os dois fatores decisivos, e eles acharam o plano excelente.

— O perigo é tão grande para sete quanto para oito pessoas — disseram com razão.

Com isso resolvido, trouxemos outra vez à mente o nosso círculo de conhecidos para encontrar uma pessoa solteira que se encaixasse bem em nossa família escondida. Não foi difícil encontrar alguém. Depois que meu pai rejeitou todos os parentes de Van Pels, escolhemos um dentista chamado Fritz Pfeffer. Ele mora com uma senhora cristã muito mais jovem e mais simpática do que ele, com quem não deve ser casado, mas isso não vem ao caso. Dizem que ele é pacato e educado, e desta forma, a julgar pelo nosso conhecimento aparente, parece simpático tanto para os Van Pels quanto para nós. Miep também já o conhece, por isso, pode organizar o plano de esconderijo para ele. Quando ele vier, quero que Pfeffer durma no meu quarto em vez de Margot, que ficará com a cama dobrável.

Sua Anne

*Quinta-feira,
12 de novembro de 1942*

Querida Kitty,

Quando Miep entrou na sala, Pfeffer logo perguntou se ela não conhecia um esconderijo para ele. Ele ficou muito contente quando Miep lhe contou que sabia de algo e que ele deveria ir lá o mais rápido possível, de preferência já no sábado. Aquilo lhe pareceu um pouco complicado, pois ainda precisava colocar seus arquivos em ordem, tratar dois pacientes e contabilizar os gastos. Miep veio até nós com a notícia esta manhã. Não achamos bom esperar tanto. Todos os preparativos exigem explicações a inúmeras pessoas que preferimos manter fora do assunto. Miep então foi perguntar mais uma vez a Pfeffer se não poderiam combinar de ele vir no sábado. Pfeffer disse que não, e agora vem na segunda-feira. Acho muito curioso que ele não aceite a todas as sugestões de pronto. Se o pegam na rua, ele não conseguirá mais organizar seu arquivo nem atender as pessoas, então por que a demora? Eu mesma acho estúpido que o pai tenha concedido isso.

Afora isso, nada de novo.

Sua Anne

Terça-feira,
17 de novembro de 1942

Querida Kitty,

Pfeffer já veio. Tudo deu certo: às 11 da manhã, como Miep lhe dissera, ele deveria estar em determinado lugar em frente ao correio, e um homem o traria até aqui. Pfeffer estava no local combinado pontualmente, o senhor Kleiman foi até ele, explicou-lhe que o homem em questão se atrasaria e pediu-lhe que fosse por um momento ao escritório de Miep. Kleiman pegou o bonde, retornou à empresa, e Pfeffer seguiu pelo mesmo caminho a pé. Às 11h20, Pfeffer bateu à porta do escritório. Miep lhe perguntou se não se importava em tirar o casaco para que a estrela não ficasse visível e o levou para o escritório particular, onde Kleiman começou a conversar com ele até que a faxineira fosse embora. Sob o pretexto de o escritório particular já estar ocupado, Miep acompanhou Pfeffer ao andar superior, abriu o armário giratório e transpôs a passagem, seguida pelo homem completamente espantado. Nós sete estávamos sentados ao redor da mesa com conhaque e café, à espera de nosso novo companheiro de quarto. Primeiro, Miep o conduziu até nossa sala de estar. Ele logo reconheceu nossos móveis, mas nem lhe veio a mais remota ideia de que poderíamos estar sobre sua cabeça. Quando Miep lhe contou, ele quase desmaiou de susto. Por sorte, Miep não demorou para conduzi-lo para cima. Pfeffer se deixou tombar em uma cadeira e olhou para todos nós sem emitir qualquer palavra por um tempo, como se lesse nossos rostos para reconhecer que de fato poderia ser verdade. Depois gaguejou:

— Ma-ma... mas então não estão na Bélgica? Os militares não vieram, o caminhão, a fuga, não deu certo?

Explicamos tudo a ele, que havíamos deliberadamente espalhado o boato sobre o militar e o caminhão entre as pessoas e os alemães que poderiam estar nos procurando, algo que os levasse a um caminho falso. Pfeffer voltou a ficar sem palavras com tanta engenhosidade e ficou olhando ao redor com espanto pelo resto do dia, enquanto conhecia a nossa Casa dos Fundos, muito prática e bela. Comemos juntos; ele dormiu um pouco e, em seguida, tomou chá com a gente, arrumou as poucas coisas que Miep havia lhe trazido mais cedo e já se sentia mais ou menos em casa, em especial quando lhe oferecemos as seguintes regras de esconderijo da Casa dos Fundos datilografadas (por Van Pels):

PROSPECTO E GUIA DA CASA DOS FUNDOS

Residência especial para estabelecimento temporário de judeus e similares.
Aberta o ano todo.
Lugar bonito, calmo, área arborizada no coração de Amsterdã. Sem vizinhos particulares. Acessível através das linhas 13 e 17 do bonde elétrico, ou por carro e bicicleta. Em certos casos, em que as autoridades alemãs não permitem a utilização deste meio de transporte, também a pé.
Distância da Munt: 5 minutos.
Distância do Zuid: 45 minutos.
Apartamentos mobiliados e não mobiliados e quartos disponíveis com e sem pensão completa. Habitação isenta de aluguel. Cozinha dietética, livre de gordura.
Água corrente no banheiro (infelizmente sem banheira) e em várias paredes interiores e exteriores. Lareiras maravilhosas. Armazéns providos para todo o tipo de mercadorias. Dois cofres blindados grandes e modernos.
Sede própria de rádio: com conexão direta para Londres, Nova York, Tel Aviv e muitas outras estações radiofônicas.
Este dispositivo está disponível para todos os habitantes a partir das 18 horas, sem que haja qualquer estação proibida, sob a condição de que as estações alemãs só possam ser ouvidas em casos excepcionais, por exemplo, música clássica e similares. O serviço de notícias de rádio funciona sempre em três turnos. Pela manhã, às sete horas, oito horas; a uma hora da tarde, e às seis horas da tarde.
Horário de silêncio: das 22h às 7h30. Domingo, às 10h15. Devido às circunstâncias, também serão observados períodos de descanso durante o dia, de acordo com as instruções da gerência. Os horários de silêncio devem ser rigorosamente observados em relação à segurança geral!!!!
Tempo livre: não aplicável em atividade externa até nova ordem.

Uso do idioma: é aconselhável falar sempre baixinho; todos os idiomas civilizados são permitidos, ou seja, sem alemão.
Leitura e descontração: nenhum livro alemão pode ser lido, com exceção dos científicos e clássicos, todo o resto é livre.
Exercícios de ginástica: todos os dias.
Canto: só baixinho e depois das 18 horas.
Filme: com hora marcada.
Cursos de formação: uma aula de taquigrafia por correspondência por semana. Aulas de inglês, francês, matemática e história a qualquer hora. Pagamento com aulas de intercâmbio, como por exemplo, de holandês.
É estritamente proibido ouvir notícias alemãs (não importando a origem da transmissão) e divulgá-las.
Departamento especial para pequenos animais de estimação, muito bem cuidados (exceto vermes, para os quais é necessária uma permissão especial...).
Preço a combinar.
Refeições: café da manhã todos os dias às nove horas, exceto aos domingos e feriados; aos domingos e feriados, por volta das 11h30.
Almoço: parcialmente completo, das 13h15 às 13h45.
Jantar: frio e/ou quente, sem horário fixo, em função do serviço de inteligência.
Correção: os colegas de apartamento pedem com cordialidade para serem corrigidos se cometerem erros ao falar ou pronunciar o holandês; isso certamente beneficiará todos os moradores.
Deveres da equipe de suprimentos: sempre se prontificar na ajuda ao trabalho de escritório.
Banho: a bacia está disponível para todos os moradores aos domingos a partir das nove horas. Dependendo da vontade, é possível tomar banho no banheiro, na cozinha, no escritório particular ou no escritório frontal.
Bebidas alcóolicas: somente mediante atestado médico. Fim.

Sua Anne

*Quinta-feira,
19 de novembro de 1942*

Querida Kitty,

Como todos supomos, Pfeffer é uma pessoa muito legal. Ele não se importou em dividir o quarto comigo, é claro. Para ser honesta, não gosto muito de um estranho compartilhando meus pertences, mas uma boa causa exige exceções, então fico contente em fazer esse pequeno sacrifício.

— Se pudermos salvar ao menos um de nossos conhecidos, todo o resto é secundário! — disse papai, e ele tem toda a razão.

Em seu primeiro dia aqui, Pfeffer logo me perguntou sobre tudo: como, por exemplo, quando a faxineira chega, quais são os horários do banheiro, quando se pode ir ao banheiro... Você vai rir, mas isso não é tão fácil em um esconderijo. Não devemos fazer muito barulho durante o dia, pois podem nos ouvir lá embaixo, e, se houver outra pessoa, como a faxineira, todos temos que ter ainda mais cautela. Expliquei isso a Pfeffer longamente, mas há uma coisa que me surpreendeu, ele é muito tonto: pergunta tudo em dobro e ainda assim não consegue se lembrar.

Talvez seja apenas temporário e ele esteja confuso por causa do espanto. Do contrário, está indo muito bem. Pfeffer nos contou muito sobre o mundo lá fora, de que sentimos falta há tanto tempo. É triste tudo o que ele sabia, inúmeros amigos e conhecidos se foram para um destino terrível. Noite após noite, os veículos militares verdes ou cinza passam, toca-se a campainha de cada porta e se pergunta se há judeus morando ali. Se sim, toda a família deve ser levada imediatamente; se não, vão-se embora. Ninguém pode escapar de seu destino a menos que se esconda. Eles também costumam andar com listas e só tocam a campainha onde têm certeza de obter uma gorda recompensa, que é paga por cabeça. Quase como a caça aos escravos, como costumava ocorrer. Mas não é brincadeira; é muito dramático. Muitas vezes vejo filas de pessoas boas e inocentes andando no escuro à noite, com crianças chorando, sempre caminhando, comandadas por um par de homens, que as espancam e maltratam até quase sucumbirem. Não se poupa ninguém: velhos, crianças, bebês, grávidas, doentes, todos, todos têm que seguir o caminho da morte.

Ainda bem que temos isto aqui, tão bom e calmo. Não teríamos que levar a sério toda essa calamidade se não estivéssemos tão preocupados com todos que nos eram tão queridos e a quem não podemos mais ajudar. Eu me sinto mal por estar deitada em uma cama quente enquanto minhas amigas mais queridas foram jogadas ou caíram em algum lugar lá fora.

Também me assusto quando penso em todos aqueles de quem sempre me senti tão afeiçoada e que agora estão nas mãos dos carrascos mais cruéis que já existiram. E tudo porque são judeus.

Sua Anne

Sexta-feira,
20 de novembro de 1942

Querida Kitty,

Todos nós realmente não sabemos que atitude tomar. Até agora, recebemos poucas notícias dos judeus e achamos melhor manter nossos rostos o mais sereno quanto possível. Sempre que Miep dizia algo sobre o terrível destino de alguém que conhecíamos, mamãe ou a senhora Van Pels choravam, então Miep decidiu que era melhor não dizer mais nada. Mas Pfeffer foi logo atacado por perguntas, e as histórias que ele contou eram cruéis e bárbaras. Algo assim não entra por um ouvido e sai por outro. De todo modo, quando as notícias se acalmarem um pouco, certamente voltaremos a fazer piadas e provocaremos uns aos outros. De nada vale, nem para nós, nem para os que estão lá, ficar tão entristecidos quanto todos estamos agora, pois qual seria o sentido de converter a Casa dos Fundos numa Casa da Tristeza?

Tudo o que faço me faz pensar nos outros que se foram, e, quando tenho vontade de rir de alguma coisa, eu paro, perplexa, e reflito a sós comigo, sentindo pena por estar tão feliz. Mas devo chorar o dia todo? Não, não posso fazer isso, e esse clima sombrio definitivamente passará.

A essa dor se juntou outra, mas esta é de natureza muito pessoal e é incomparável com a desgraça que acabei de relatar. Apesar disso, não posso deixar de lhe dizer que tenho me sentido tão desolada nos últimos tempos; há um vazio enorme ao meu redor. Nunca pensei nisso assim antes, e minhas pretensões e amigos preenchiam todo o meu pensamento. Agora costumo pensar em coisas infelizes ou em mim mesma. E, por fim, cheguei à conclusão de que o pai, querido como é, não pode substituir todo o meu mundo anterior.

Mamãe e Margot há muito deixaram de contar em meus sentimentos. Mas por que eu deveria incomodar você com coisas tão estúpidas?

Sou terrivelmente ingrata, Kitty, eu sei disso, mas muitas vezes também fico zonza se me atacam demais e ainda tenho que pensar sobre todas as outras coisas ruins!

Sua Anne

*Sábado,
28 de novembro de 1942*

Querida Kitty,

Acendemos a luz com muita frequência e agora excedemos nossa cota de eletricidade. O resultado: economia exagerada e um provável corte. Sem luz por 15 dias, uma maravilha, não é? Mas talvez ainda fique bem! Depois das quatro, ou quatro e meia, está escuro demais para ler. Matamos o tempo com todo tipo de bobagem: charadas, ginástica no escuro, falar inglês ou francês, criticar livros, mas a longo prazo tudo fica chato. Ontem à noite inventei algo novo: usar binóculos poderosos para espiar os quartos iluminados dos vizinhos atrás de nós. Durante o dia, nossas cortinas nunca devem estar abertas nem um centímetro; porém, quando está tão escuro, não faz diferença. Nunca soube que os vizinhos pudessem ser pessoas tão interessantes, pelo menos os nossos. Observei alguns no jantar, uma família estava filmando e o dentista do outro lado da rua estava tratando uma velhinha ansiosa.

O senhor Pfeffer, o homem famoso por se dar bem com crianças e que também gosta de todas elas, acaba sendo o educador mais antiquado e o apregoador de infinitas listas de boas maneiras. Como tenho a rara sorte (!) de poder dividir meu quarto, infelizmente muito estreito, com tão nobre e bem-educado cavalheiro, e como em geral sou considerada a pior dos três jovens, tenho que fazer o impossível para evitar as constantes repreensões, admoestações e, não raro, apenas me fazer de surda. Tudo isso seria suportável se esse senhor não fosse um grande delator e não tivesse escolhido mamãe como contato. A cada sermão dele, surge mamãe, e repete-se a história. E, quando estou de fato com sorte, a senhora Van Pels me chama, e a bronca vem lá de cima!

Só não pense que é fácil ser a rebelde central de uma família problemática. À noite, na cama, contemplando meus muitos pecados e supostos erros, fico tão confusa com a infinidade de coisas que precisam ser descobertas que rio ou choro, dependendo do meu humor.

E então adormeço com a estranha sensação de querer ser diferente do que sou, ou ser diferente do que quero ser, ou talvez agir diferente do que quero ou sou. Ah, meu Deus, agora eu estou confundindo você também, por favor, me desculpe, mas não gosto de riscar, e jogar papel fora é proibido em tempos de grande escassez. Então, só posso aconselhar você a não reler a frase acima e, principalmente, a não interpretar a fundo, porque você não vai conseguir de jeito nenhum!

Sua Anne

*Segunda-feira,
7 de dezembro de 1942*

Querida Kitty,

Chanucá[2] e o feriado de são Nicolau quase coincidiram este ano, com apenas um dia de diferença. Não fizemos muito barulho para o Chanucá, só tivemos poucos presentinhos e depois as velas. Como as velas estão escassas, só as deixamos acesas por dez minutos, porém, desde que a música não falte, tudo bem. O senhor Van Pels fez um candelabro de madeira, é assim que deve ser. A véspera de são Nicolau, no sábado, foi muito melhor. Bep e Miep nos deixaram muito curiosas, porque ficaram sussurrando para papai enquanto comíamos, então já suspeitávamos que algo estava sendo preparado. E com certeza, às oito horas, todos nós descemos as escadas de madeira, pelo corredor escuro como breu (me deu arrepios e desejei estar segura lá em cima novamente!) até a saleta intermediária, onde acendemos a luz, pois o quarto não tem janelas. Quando isso foi feito, papai abriu o grande armário.

— Ah, que bom! — exclamamos todos.

No canto, havia uma grande cesta, decorada com papel de são Nicolau, sobre a qual havia uma máscara de Pedro, o Negro. Carregamos logo a cesta para cima. Dentro dela havia um belo presente para cada um com um poema para combinar. Você deve conhecer os poemas de

---

2 Chanuká — também grafado Hanukkah, entre outras variações — é a Festa das Luzes, tradicional celebração da religião judaica que dura oito dias. A cada dia, uma vela é acesa no candelabro menorá. Em geral, esta data especial acontece em dezembro.
Já o Dia de São Nicolau é celebrado na virada de 5 para 6 de dezembro, data de falecimento do santo cristão. São Nicolau ficou conhecido por sua benevolência e generosidade. Dizem que uma de suas práticas era deixar sacolas com presentes em chaminés. Por isso, é comum haver troca de presentes, como acontece no Natal. Além disso, na Holanda, conta-se que ele tinha um ajudante, conhecido como Pedro, o Negro, que teria o rosto coberto de fuligem das chaminés. Hoje em dia, esse personagem tem sido revisto, por sua conotação preconceituosa. (N.E.)

são Nicolau, e também não vou lhe transcrever todos aqui, mas o da mamãe e o da dona van Pels viriam bem a calhar:

> Viver com paciência
> parece tão fácil,
> tal como se pensa,
> mas ficar à espera,
> relembrando mágoas,
> é muito mais árduo,
> só que necessário.
>
> — Ter paciência — disse
> Nicolau — merece
> uma recompensa!
> E surgiu logo esse
> belo calendário.
> — Embrulha-o! — disse
> a Pedro, o servente —
> Dona Frank é digna
> de tal obra-prima!
>
> Tanta diligência
> no correr do dia
> não é suficiente
> à sua enorme estima?
> (Não é sabujice!)
> Forno, lume brando...
> Pouco importa! O rango
> sempre é uma delícia!
> O que faz na folga?
> Tricota e tricota!
>
> São Nicolau quer,
> com o homem fumarento,
> que a afoita mulher
> ganhe esse agulheiro.

Composto por Jan Gies

Ganhei uma *mikpoppetje*, o pai, suportes de livros etc. etc. Foi definitivamente uma boa ideia, e como nenhum de nós jamais havia celebrado o dia de são Nicolau na vida, foi uma estreia de sucesso.

Sua Anne

P.S.: Claro que também tínhamos algo para dar ao andar inferior, tudo dos bons e velhos tempos, e para Miep e Bep dinheiro é sempre oportuno.

Hoje soubemos que o cinzeiro para Van Pels, o porta-retratos para Pfeffer e os suportes para livros do pai foram feitos por Voskuijl. É um mistério para mim como alguém pode fazer essas coisas de modo tão artístico à mão!

Sua Anne

Quinta-feira,
10 de dezembro de 1942

Querida Kitty,

O senhor Van Pels trabalhava na indústria de salsichas, carnes e especiarias. Ele foi contratado pela empresa por suas qualidades com tempero, mas agora está mostrando seu lado salsicha, o que não achamos nem um pouco desagradável. Tínhamos pedido muita carne (à escondida, claro) para conservar, caso precisássemos passar por momentos difíceis. Ele queria fazer linguiça, chouriço, salsicha e mortadela. Era engraçado como, primeiro, os pedaços de carne passavam pelo moedor, duas ou três vezes, depois todos os ingredientes eram misturados na massa de carne e, só então, tudo era colocado nas tripas com a ajuda de um funil. Comemos imediatamente as salsichas com chucrute na hora do almoço, mas os chouriços, que se destinavam à conservação, primeiro tiveram que secar bem, e para isso foram pendurados em uma vara com duas cordas presas ao teto. Todo mundo que entrava na sala e via os chouriços expostos começava a rir. Era uma visão muito engraçada mesmo.

Havia muita exaltação na sala: o senhor Van Pels, usando um avental da esposa, estava ocupado com a carne em toda a sua plenitude (ele parecia muito mais rechonchudo do que é), com as mãos ensanguentadas, a cabeça ruiva e o avental manchado de sangue: ele parecia um verdadeiro açougueiro. A dona fazia tudo ao mesmo tempo, estudando holandês em um livro, mexendo a sopa, verificando a carne, suspirando e reclamando da costela quebrada. Isso é o que acontece quando senhoras mais anciãs (!) fazem a ginástica mais idiota para emagrecerem suas bundas grandes!

Pfeffer estava com o olho inflamado e o lavava com chá de camomila perto do fogão. Pim sentava-se em uma cadeira sob o estreito raio de sol que entrava pela janela e precisou se mover de um lado para o outro. Ele devia estar sentindo dores reumáticas novamente, por estar bastante torto olhando para o senhor Van Pels com uma expressão descontente. Ele quase parecia um velho inválido no asilo. Peter brincava pela sala com o gato (chamado Mouschi). Mamãe, Margot e eu descascávamos batatas. E, por fim, não fizemos todas as nossas tarefas direito porque estávamos observando Van Pels.

Pfeffer abriu sua clínica odontológica. Pelo bem da nossa conversa, vou contar de modo sucinto como foi a primeira consulta. Mamãe estava passando roupa, e a dona, que foi a primeira a se consultar, sentou-se em uma cadeira no meio da sala. Pfeffer tirou vários objetos de sua caixinha pesada, pediu água de colônia para usar como desinfetante e vaselina como cera. Ele olhou dentro da boca da dona, tocou um dente da frente e um molar. A cada vez a dona estremecia e, como se estivesse morrendo de dor, proferiu sons indistintos. Depois de um longo exame (pelo menos para ela, porque não foi mais do que dois minutos), Pfeffer começou a raspar uma pequena cárie, mas não, isso estava fora de questão!, e a dona escoiceou e escoiceou, descontrolada, de modo que Pfeffer por fim soltou o raspador e... não é que o instrumento ficou preso no dente dela? É agora que a porca torce o rabo! A dona estava esperneando, chorando (na medida do possível, com um instrumento desses na boca), tentando tirar o objeto duro da boca e, o tempo todo, enfiando-o ainda mais. O senhor Pfeffer observava a cena com calma, com as mãos nos quadris. O resto dos espectadores riu às fartas. Isso foi maldoso, claro, porque tenho certeza de que eu berraria muito mais alto. Depois de muito se contorcer, chutar, esbravejar e gritar, a dona finalmente se livrou do raspador, e o senhor Pfeffer continuou seu trabalho como se nada tivesse acontecido. Ele foi tão rápido nisso que a dona nem teve tempo de recomeçar, mas ele também teve ajuda como nunca antes: dois assistentes eram o bastante, e o senhor Van Pels e eu fizemos um bom trabalho. A coisa toda era como um quadro da Idade Média, com a inscrição "Curandeiro em ação". Apesar disso, a paciente não tinha lá muita paciência, pois tinha que cuidar da "sua" sopa e da "sua" ceia. Uma coisa é certa: a dona não vai receber um tratamento tão cedo.

Sua Anne

Domingo,
13 de dezembro de 1942

Querida Kitty,

Sento-me confortavelmente no escritório da frente e olho pela janela através de uma abertura nas cortinas pesadas. Está escurecendo, mas ainda há claridade o suficiente para escrever.

É uma visão muito estranha as pessoas andando na rua, parece que todas estão com pressa e quase tropeçando nos próprios pés. Os ciclistas passam numa velocidade inapreensível, não posso nem dizer que tipo de indivíduo segue ali. As pessoas por aqui não parecem de fato muito atrativas; e as crianças em particular são tão sujas que você nem quereria tocar nelas com pinças. São de fato criancinhas imundas e ranhentas, mal consigo entender o linguajar delas. Ontem à tarde, quando estávamos tomando banho, disse a Margot:

— Ora, e se a gente fosse pescar com um caniço um por um desses garotos que ficam zanzando por aí, colocasse na banheira, lavasse e remendasse as roupas e depois os deixasse partir, então...

E Margot respondeu:

— ...amanhã eles pareceriam tão sujos e esfarrapados quanto hoje!

Mas, sobre o que estou falando, há outras coisas para ver também: carros, barcos e a chuva. Ouço o bonde e as crianças e me divirto bastante.

Nossas mentes não são mais variadas do que nós mesmos, como um carrossel girando sem cessar, dos judeus para a comida e da comida para a política. Falando em judeus, ontem vi dois pela cortina como se fosse uma maravilha do mundo; foi uma sensação tão estranha, como se eu tivesse traído aquelas pessoas e agora estivesse assistindo à sua desgraça.

Aqui em frente, há uma casa fluvial na qual vive um barqueiro com sua esposa e filhos. O homem tem um cachorrinho, que só conhecemos pelos latidos e podemos ver o rabo enquanto ele corre pela passarela.

Arre! Começou a chover agora e a maioria das pessoas está escondida sob seus guarda-chuvas. Não vejo nada além de capas de chuva e, às vezes, um chapéu ou uma nuca coberta por uma touca. Não preciso mais ver; estou começando a conhecer de cor as mulheres, inchadas de tanto comer batatas e vestidas com um casaco vermelho ou verde, de saltos gastos, com uma bolsa no braço, de aparência sombria ou bem-humorada, de acordo com o humor do marido.

Sua Anne

*Terça-feira,
22 de dezembro de 1942*

Querida Kitty,

A Casa dos Fundos ficou contente em receber 125 gramas extras de manteiga para todos no Natal. O jornal diz meia libra, mas isso só vale para os sortudos que recebem seus cupons do Estado, e não para os judeus que se esconderam e que por causa da inflação só conseguem quatro em vez de oito no mercado clandestino.

Todos nós queremos assar algo com manteiga. Fiz biscoitos e dois bolos esta manhã. Está muito agitado aqui, e mamãe me proibiu de estudar ou ler até que todas as tarefas da casa estejam feitas. A senhora Van Pels está de cama com a costela machucada, reclama o dia todo. Sempre precisa de novas bandagens e nunca está satisfeita com nada. Ficarei feliz quando ela estiver de pé cuidando das próprias coisas, porque é preciso dizer: ela é extremamente trabalhadora e ordeira e, desde que esteja em boa saúde física e mental, também estará de bom humor.

Como se eu ainda não recebesse "pss, pss" o suficiente durante o dia, porque sempre faço muito barulho, meu vizinho de quarto também teve a ideia de ficar me chamando a atenção com "pss" repetidamente à noite. Então, se depender dele, não posso me virar nem por um momento. Eu nem penso em prestar atenção nisso e vou responder a ele com um "pss" na próxima vez.

Ele está cada dia mais desagradável e egoísta. Depois da primeira semana, não vi uma única migalha das bolachas que ele me havia prometido com generosidade. Ele me irrita, principalmente aos domingos, quando acende a luz bem cedo para fazer dez minutos de ginástica.

Parecem horas para mim, pobre sofredora, porque as cadeiras usadas para estender minha cama ficam deslizando para a frente e para trás embaixo de minha cabeça com sono. Depois de completar suas flexões, com sacudidas veementes de braços, ele começa a se aprontar. As cuecas estão penduradas no gancho. Ele vai até lá e retorna, pega a gravata que está na mesa, empurrando e empurrando as cadeiras novamente.

Mas não quero chatear você com minhas queixas sobre senhores decrépitos e abomináveis, isso também não vai melhorar, e, para manter a querida paz, é uma pena que eu tenha que prescindir de todos os meus meios de vingança, como desatarraxar a lâmpada, trancar a porta, esconder as roupas dele.

Ah, estou ficando tão sensata! Tudo tem que ser feito aqui com razão: estudar, ouvir, calar a boca, ajudar, ser solícita, ceder e sei lá o quê! Tenho medo de consumir todo o meu bom senso cedo demais, mesmo que não seja particularmente grande, e que não sobre nada para o pós-guerra.

Sua Anne

Quarta-feira,
13 de janeiro de 1943

Querida Kitty,

Temos um novo trabalho, que é encher pacotes com molho de carne (em pó). O molho é um produto da Gies & Co. O senhor Kugler não encontra gente para engarrafar e, se o fizermos, será muito mais barato. É um trabalho como as pessoas têm que fazer nas prisões, para dizer o mínimo, deixa tonto e faz você rir o tempo todo.

O ambiente externo é terrível. Os pobres estão sendo arrastados dia e noite com nada além de uma mochila e um pouco de dinheiro. Esses bens também lhes são tirados ao longo do caminho. Famílias são dilaceradas; homens, mulheres e crianças são separados. As crianças que voltam da escola não podem mais encontrar seus pais. As mulheres que vão às compras encontram suas casas fechadas e suas famílias desaparecidas quando voltam.

Os cristãos holandeses também já estão com medo; seus filhos estão sendo enviados para a Alemanha. Todos estão com medo. E todas as noites centenas de aviões sobrevoam a Holanda, voando para as cidades alemãs para lavrar a terra com bombas. E a cada hora centenas, até milhares, de pessoas são mortas na Rússia e na África. Ninguém pode fugir; o mundo inteiro está em guerra e, embora as coisas estejam melhorando para os Aliados, não há final à vista.

E nós, nós estamos bem melhor do que milhões de outros: ainda estamos protegidos e seguros e estamos comendo nosso dinheiro, por assim dizer. Somos tão egoístas que falamos de "depois da guerra" e ficamos contentes com roupas e sapatos novos, embora devêssemos economizar cada centavo para ajudar outras pessoas depois da guerra, além de salvar o que ainda pode ser salvo. As crianças aqui correm pelas ruas com roupas finas e calçados com solado de madeira, sem casaco, sem gorro, sem meias e sem ninguém para ajudá-las. Elas não têm nada no estômago, mas mastigam uma cenoura, saem de sua residência fria para a rua fria e chegam a uma sala de aula ainda mais fria. Sim, na Holanda chegou-se mesmo ao ponto em que muitas crianças pedem um pedaço de pão aos transeuntes na rua. Eu poderia falar por horas sobre a miséria que a guerra traz, mas isso só me deprime ainda mais. Não temos escolha a não ser esperar o fim dessa miséria com a maior calma possível. Tanto os judeus como os cristãos, assim como o mundo inteiro, estão esperando, e muitos estão esperando a morte.

Sua Anne

*Sábado,
30 de janeiro de 1943*

Querida Kitty,

    Estou fervendo de raiva e não posso demonstrar. Gostaria de bater o pé, rugir, dar uma boa sacudida na mamãe, berrar e sei lá o quê, por causa das palavras feias, dos olhares escarnecedores, das acusações que me acertam como flechas desferidas de um arco muito esticado todos os dias e são tão difíceis de tirar do meu corpo. Quero gritar com mamãe, com Margot, com os Van Pels, Pfeffer e com papai também:

    — Deixe-me em paz, deixe-me enfim dormir uma noite sem meu travesseiro ficar molhado de lágrimas, meus olhos ardendo e minha cabeça latejando de dor. Deixe-me ir embora, ir para longe de todos, de preferência longe do mundo!

    Mas não posso, não posso mostrar-lhes meu desespero. Não posso deixá-los ver as feridas que me infligiram, não suportaria a pena e o escárnio irreverente, mesmo assim teria que berrar bem alto.

    Todo mundo pensa que sou exagerada quando falo, ridícula quando fico calada, atrevida quando respondo, astuta quando tenho uma boa ideia, preguiçosa quando estou cansada, egoísta quando como um pedaço a mais, burra, covarde, calculista etc. etc. Durante todo o dia, não ouço nada além de que sou uma pirralha detestável, e embora eu ria e finja que não ligo para isso, eu me importo e gostaria de pedir a Deus que me desse uma personalidade diferente que não colocasse todos contra mim.

    Não é possível. Minha personalidade me foi dada e sinto que não posso ser má. Tento agradar a todos mais do que eles imaginam, tento rir com todos lá em cima, porque não quero demonstrar meu sofrimento.

    Mais de uma vez, depois de uma série de acusações infundadas, repreendi minha mãe:

— Eu não dou a mínima para o que você está dizendo, apenas tire a mão de mim. Sou mesmo um caso perdido.

Então, é claro, me disseram que eu estava sendo insolente. Mal fui notada por dois dias e, de repente, tudo foi esquecido, e passei a ser tratada como todo mundo.

Não me é possível fingir simpatia um dia e jogar meu ódio na cara deles no dia seguinte. Prefiro andar pelo caminho do meio, que não é nada dourado. Ficar de boca fechada sobre o que penso e tentar tratá-los com o mesmo desprezo com que me tratam. Ai, se eu pudesse!

Sua Anne

*Sexta-feira,
5 de fevereiro de 1943*

Querida Kitty,

Embora por um longo tempo eu não tenha falado nada sobre as brigas, nada mudou. O senhor Pfeffer inicialmente considerava as brigas, logo esquecidas, algo trágico, mas agora ele se acostumou e nem tenta mais intermediar.

Margot e Peter não são o que você chamaria de "jovens", ambos são tão enfadonhos quanto taciturnos. Acabo contrastando com eles terrivelmente e, por isso, sempre ouço:

— Margot e Peter também não fazem isso! Tome sua querida irmã como exemplo.

Acho isso horrível. Acontece que não quero ser como Margot. Ela é muito mansa e indiferente, deixa-se persuadir por qualquer um, condescendendo com todos. Eu quero que minha personalidade seja mais firme! No entanto, guardo essas teorias para mim mesma, pois ririam muito de mim se eu apresentasse tal defesa.

Durante a refeição, o clima costuma ser tenso. Por sorte, os surtos às vezes são evitados pelos tomadores de sopa. Os tomadores de sopa são o pessoal que vem lá de baixo para tomar um prato de sopa. Ao meio-dia, Van Pels recomeçou a dizer que Margot come muito pouco.

— Deve ser para manter a silhueta — continuou ele, tirando sarro.

Minha mãe, que sempre fica do lado de Margot, disse em tom de voz alto:

— Não suporto mais ouvir sua estúpida lenga-lenga!

A dona ficou ruborizada, e o senhor olhou para a frente e não disse nada.

Muitas vezes, rimos de um ou de outro. Recentemente, a dona cuspiu um prodigioso absurdo. Ela falou sobre como costumava se dar bem com seu pai e o quanto ela flertava.

— E você sabe — prosseguiu ela — quando um homem se torna um pouco ousado, meu pai dizia: "Você tem que dizer a ele: 'Senhor, eu sou uma dama.' Ele saberá o que você quer dizer."

Gargalhamos como se fosse uma boa piada.

Até mesmo Peter, quieto como ele é na maior parte do tempo, nos dá um motivo para rir de vez em quando. Para seu infortúnio, ele é louco por palavras estrangeiras, mas não sabe o significado delas. Certa tarde, quando não pudemos usar o banheiro por causa de visitas no escritório, ele precisou ir com urgência, mas não puxou a descarga. Para nos alertar sobre um cheiro não muito agradável, fixou então na porta uma plaquinha de papelão que dizia: "*S'il vous plaît, gás*". Claro que ele queria dizer "Cuidado, gás", mas achou "*S'il vous plaît*" mais distinto. Ele não tinha ideia de que significava "por favor".

Sua Anne

Sábado,
27 de fevereiro de 1943

Querida Kitty,

 Pim espera a invasão todos os dias. Churchill teve pneumonia e está melhorando aos poucos. Gandhi, o combatente indiano da liberdade, faz sua enésima greve de fome. A dona afirma ser uma fatalista. Quem tem mais medo de ser baleado? Ninguém menos que Gusti. Jan nos trouxe a carta pastoral dos bispos aos fiéis, escrita de um modo extremamente belo e formulada com empatia. "Não fiquem parados, holandeses! Cada um deve lutar com as próprias armas pela liberdade do país, do povo e da fé! Ajudem, doem, não hesitem!" Eles simplesmente proclamam isso do púlpito. Ajuda? Certamente não os nossos correligionários.
 Imagine o que voltou a acontecer conosco! O proprietário deste prédio vendeu o edifício sem notificar Kugler e Kleiman. Certa manhã, o novo proprietário veio com um arquiteto para inspecionar a casa. Por sorte, o senhor Kleiman estava presente e mostrou tudo aos senhores, exceto nossa Casa dos Fundos: ele fez que esqueceu a chave da porta intermediária em casa. O novo dono não perguntou mais nada.
 Espero que ele não volte e queira ver a Casa dos Fundos, ou então as coisas vão ficar feias para nós.
 Papai esvaziou uma caixa de arquivo para Margot e para mim e colocou cartões que ainda não tinham nada escrito em um dos lados. Este será o nosso arquivo de leituras, onde nós duas anotamos quais livros lemos, quem os escreveu e a data.
 Nova distribuição de manteiga ou margarina. Todo mundo recebe uma porção no prato. A distribuição é muito injusta. Os Van Pels, que sempre fazem o café da manhã, se dão metade a mais daquilo que destinam a nós. Meus velhos temem demais discussões para reclamar. É uma pena, acho que sempre se deve pagar pessoas assim na mesma moeda.

Sua Anne

Quinta-feira,
4 de março de 1943

Querida Kitty,

A dona tem um novo nome, chamamo-la de "dona Beaverbrook". Claro que você não deve entender o significado, vou lhe explicar: na estação de rádio inglesa, o senhor Beaverbrook costuma falar sobre os bombardeios muito fracos da Alemanha. A senhora Van Pels sempre discorda de todos, até mesmo de Churchill e da sessão de notícias da rádio, mas concorda plenamente com o senhor Beaverbrook. Por conta disso, achamos melhor que ela se casasse com o senhor Beaverbrook; e, como ela ficou lisonjeada com isso, seu nome daqui em diante será dona Beaverbrook.

Conseguimos um novo funcionário para o armazém. O antigo precisava ir para a Alemanha, lamentável para ele, mas bom para nós, pois um novo não conhece a casa. Ainda temos medo dos trabalhadores do armazém.

Gandhi voltou a comer. O mercado clandestino está a todo vapor. Poderíamos comer em abundância se tivéssemos dinheiro para pagar os preços impossíveis. Brouwer comprou recentemente meio quilo de manteiga no trem. Nosso verdureiro compra as batatas da *Wehrmacht* e as traz em sacos para o escritório particular. Ele sabe que estamos escondidos e é por isso que ele sempre vem na hora do almoço, quando ninguém está no armazém.

Não podemos respirar sem espirrar e tossir com tanta pimenta no moinho. Todos que chegam nos cumprimentam com "Atchim". A dona diz que não desce porque ficaria doente se inalasse mais pimenta.

Eu não gosto nada dos negócios do meu pai, não tem nada além de gelificante e pimenta ardida. Se alguém é comerciante de alimentos, então deveria haver algo para lambiscar!

Esta manhã, outra enxurrada de palavras foi despejada sobre mim. As expressões indelicadas relampejaram com tanta força que em meus ouvidos ressoaram as trovoadas de "Anne não passa de uma menina má" e "Van Pels são sempre bons". Que um raio os parta!

Sua Anne

*Quarta-feira,
10 de março de 1943*

Querida Kitty,

Ontem à noite, tivemos um curto-circuito, e continuaram atirando. Ainda não abandonei meu medo de tudo que soe como disparos ou aviões e deito na cama do meu pai quase todas as noites para encontrar conforto. Talvez isso seja muito infantil, mas você deveria experimentar por si mesma, você não consegue mais entender suas próprias palavras com os canhões retumbando. A dona Beaverbrook, a fatalista, quase chorou e disse com uma voz muito fina:

— Ah, isso é tão terrível, ah, eles estão atirando com tanta força.

Significava: "Estou com tanto medo!" Ainda parecia melhor à luz de velas do que quando estava escuro. Eu estremecia como se estivesse com febre e supliquei a papai para acender a vela novamente. Ele não cedeu, a luz ficou apagada. De súbito, metralhadoras dispararam, e isso era dez vezes mais assustador do que os canhões. Mamãe pulou da cama e acendeu a vela para grande desgosto de Pim. A resposta resoluta da mãe ao seu resmungo foi:

— Anne não é um velho soldado.

É isso aí! Eu lhe contei sobre os outros medos da dona? Penso que não. Para que fique a par de todas as aventuras da Casa dos Fundos, você também deve saber disso. A dona ouviu ladrões no sótão uma noite; ouviu passos muito altos e ficou tão assustada que acordou o marido; naquele exato momento, os ladrões desapareceram, e o barulho que o senhor ainda podia ouvir era o bater do coração inquieto da fatalista.

— Oh, Putti (apelido de seu marido), eles devem ter levado as salsichas e todas as nossas leguminosas com eles! E o Peter, oh, será que o Peter ainda está na cama?

— Eles sem dúvida não roubaram Peter, não se preocupe e me deixe dormir!

Mas não adiantou, a dona não voltou a pegar no sono de medo. Algumas noites depois, toda a família foi acordada no andar superior pelo barulho fantasmagórico. Peter subiu ao sótão com uma lanterna e, uau!, o que encontrou? Um bando de ratazanas!

Assim que soubemos quem eram os ladrões, deixamos Mouschi dormir no sótão, e os hóspedes indesejados nunca mais voltaram... pelo menos não à noite. Há alguns dias, Peter subiu ao sótão à noite (era apenas sete e meia e ainda era dia) para pegar alguns jornais velhos. Ao descer, ele teve que segurar firme no alçapão, baixou a mão sem olhar e... quase caiu escada abaixo com o susto e a dor. Sem saber, ele havia posto a mão em uma ratazana, que mordeu seu braço com força. O sangue escorria por seu pijama quando ele veio até nós, branco feito uma toalha e com os joelhos trêmulos. Não é à toa: acariciar uma ratazana não é agradável e ainda por cima ser mordido é horrível.

Sua Anne

*Sexta-feira,
12 de março de 1943*

Querida Kitty,

Posso apresentar: Mamãe Frank, defensora das crianças!
Uma porção extra de manteiga para os jovens, problemas da juventude moderna, mamãe defende os jovens em tudo e quase sempre consegue o que quer depois de uma discussão quantitativa.
Uma compota de língua em conserva está estragada. Um banquete para Mouschi e Moffi.
Você nem conhece Moffi ainda, embora ela já estivesse na empresa antes de nos escondermos. Ela é a gata do armazém e do escritório e mantém os ratos afastados no depósito. Há também uma explicação simples para seu nome político. Por um tempo, Gies & Co. teve dois gatos, um para o armazém e outro para o sótão. Acontecia de os dois se encontrarem, o que sempre resultou em grandes brigas. O gato do armazém era sempre o único a atacar, mas no final o animal do sótão vencia. Como na política, o gato do armazém era chamado de alemão ou Moffi, e o gato do sótão era chamado de inglês ou Tommy. Tommy foi aposentado mais tarde, e Moffi serve de entretenimento para todos nós. Comemos tantos feijões vermelhos e brancos que não consigo mais nem os ver. Só de pensar já fico com náusea.
A entrega de pão à noite foi completamente descontinuada. Terríveis bombardeios na Alemanha. O senhor Van Pels está de mau humor por causa da falta de cigarros. A discussão sobre a questão de comer ou não enlatados foi decidida a favor do nosso partido.
Nenhum sapato me serve mais, apenas botas de esqui de cano alto, que não são nada práticas em casa. Eu só usei por uma semana um par de sandálias de palha que custa 6,50 florins, depois se acabaram. Talvez Miep encontre algo no mercado clandestino.

Ainda tenho que cortar o cabelo do meu pai. Pim insiste que depois da guerra nunca mais irá a outro cabeleireiro por eu ser tão competente em meu trabalho.

Se ao menos eu não cortasse suas orelhas com tanta frequência!

Sua Anne

*Quinta-feira,
18 de março de 1943*

Querida Kitty,

A Turquia entrou na guerra. Grande comoção. Aguardando ansiosamente as notícias da rádio.

Sexta-feira,
19 de março de 1943

Querida Kitty,

Depois de uma hora, a decepção se seguiu à alegria. A Turquia ainda não entrou na guerra, o ministro de lá só falou de uma iminente suspensão da neutralidade. Um vendedor de jornais parou na Praça Dam e gritou:

— A Turquia é aliada da Inglaterra!

Como resultado, os jornais foram arrancados de suas mãos. Foi assim que o agradável boato chegou até nós.

As cédulas de mil florins são declaradas inválidas. Isso é um duro golpe para todos os comerciantes do mercado clandestino e afins, porém, ainda mais para outro dinheiro ilegal ou para pessoas escondidas. Quem quiser trocar uma nota de mil florins deve explicar e provar exatamente como a conseguiu.

Os impostos ainda podem ser pagos com essas cédulas, mas isso também expirará na próxima semana. As cédulas de quinhentos florins expiraram ao mesmo tempo. A Gies & Co. ainda tinha dinheiro ilegal na casa dos milhares, eles pagavam os impostos adiantados por um bom tempo, assim tudo ficava limpo. Pfeffer adquiriu uma broca movida a pedal, e estou prestes a fazer em breve um tratamento dentário completo.

Afora isso, Pfeffer é incrivelmente indisciplinado quanto às regras de esconderijo. Ele não apenas escreve cartas para sua esposa, como também se corresponde descuidadamente com várias outras pessoas. Ele pediu a Margot, professora de holandês para os moradores da Casa dos Fundos, para que corrigisse as cartas que ele escrevera em holandês. Papai o proibiu estritamente de prosseguir com isso. E, além disso, as correções de Margot foram abandonadas, mas acredito por mim mesma que ele em breve recomeçará a escrever.

O *líder de todos os alemães* pediu para falar na frente de soldados feridos. Soava patético seu balbuciar. As perguntas e respostas ocorreram algo assim:
— Meu nome é Heinrich Scheppel.
— Ferido onde?
— Perto de Stalingrado.
— Ferido em qual parte do corpo?
— Dois pés congelados e um braço esquerdo fraturado.

Foi exatamente assim que a rádio nos transmitiu esse belo teatro de marionetes. Os feridos pareciam muito orgulhosos de seus ferimentos; quanto mais, melhor. Um deles ficou tão tímido por apertar a mão (contanto que ainda tivesse uma) do *Führer* que mal conseguia pronunciar uma palavra.

Deixei cair o sabonete de Pfeffer no chão. Pisei nele e agora falta uma parte inteira. Eu tinha pedido a papai com antecedência para restituir o rapaz, especialmente porque Pfeffer não ganha nada além de uma barra de sabão por mês.

Sua Anne

*Quinta-feira,
25 de março de 1943*

Querida Kitty,

Na noite passada, minha mãe, meu pai, Margot e eu nos sentamos confortavelmente. De repente, Peter veio e sussurrou algo no ouvido de papai. Ouvi algo sobre "um barril que caiu no armazém" e "alguém que sacudia a porta". Margot entendeu isso também, mas tentou me acalmar um pouco, porque é claro que eu estava pálida como um lençol e muito nervosa.

Nós três esperamos enquanto papai havia descido com Peter. E, em menos de dois minutos depois, a senhora Van Pels, que estivera ouvindo rádio, surgiu e explicou que Pim havia pedido que ela desligasse o aparelho e subisse sem fazer barulho. Sutil como sempre, justamente quando se quer caminhar sem fazer ruído, os degraus de uma velha escada rangem duas vezes mais alto. Mais cinco minutos depois, Peter e Pim chegaram, brancos até a ponta do nariz, e nos contaram o que presenciaram: sentaram-se ao pé da escada lá embaixo e esperaram, em vão, mas de repente, aí sim, ouviram realmente duas batidas fortes, como se duas portas da casa fossem batidas. Pim correu andar acima, Peter primeiro avisou Pfeffer, que por fim também chegou ao andar superior com muito alvoroço e barulho. Em seguida, subimos de meias até o andar da família Van Pels. O senhor estava com um resfriado forte e já estava na cama, então nos reunimos todos ao redor de sua cama e sussurramos nossas suspeitas.

Toda vez que o senhor tossia alto, a dona e eu pensávamos que íamos desmaiar de medo. Isso continuou até que alguém teve a brilhante ideia de lhe dar codeína, e a tosse parou na hora.

Novamente, esperamos e esperamos, mas não havia mais nada com que nos preocupar, e acabamos presumindo que todos os ladrões tivessem fugido, porque ouviram passos nos degraus na casa que costumava ser silenciosa. Infelizmente, o rádio no andar de baixo ainda estava sintonizado na estação inglesa, e as cadeiras também estavam arrumadas em volta dele. Se a porta tivesse sido arrombada e o serviço antiaéreo percebesse isso e informasse a polícia, aquilo poderia ter tido consequências muito desagradáveis. Por isso, o senhor Van Pels se levantou, vestiu as calças e o casaco, pôs um chapéu e seguiu meu pai com muito cuidado escada abaixo, seguido por Peter, que se armara com um martelo pesado para garantir a segurança. As mulheres do andar superior (incluindo Margot e eu) esperaram ansiosamente até que cinco minutos depois os homens do andar superior reaparecessem e nos confirmassem que a casa inteira estava calma. Concordamos em não abrir a torneira e puxar a descarga; porém, com a consternação, o estômago de quase todos estava enjoado, você pode imaginar o fedor que exalava após todos nós cuidarmos de nossas necessidades. Quando algo assim acontece, muitas coisas sempre confluem: a primeira é que os sinos de Westertoren não badalaram, o que sempre nos dava uma sensação tão reconfortante; e que o senhor Voskuijl saíra de casa mais cedo do que o habitual e não sabíamos exatamente se Bep lhe havia pedido a chave e talvez tivesse esquecido de trancar a porta. Contudo, naquele momento, não importava tanto, ainda era noite e ainda estávamos mergulhados na incerteza, embora um pouco tranquilizados, já que não ouvimos nada das 8h15, quando o ladrão rondou nossa casa, até as dez e meia. Olhando mais de perto, parecia-nos muito improvável que um ladrão tivesse arrombado uma porta tão cedo à noite, quando as pessoas ainda podiam estar na rua. Além disso, um de nós pensou que talvez fosse o gerente do armazém de nossos vizinhos, a empresa Keg, que ainda estivesse trabalhando. Na agitação e com nossas paredes finas, não seria difícil se enganar em relação aos ruídos, e a imaginação também costuma desempenhar um grande papel em momentos tão delicados.

Então fomos nos deitar em nossas camas; porém, nem todos adormeceram: meu pai, minha mãe e o senhor Pfeffer ficaram acordados, e posso dizer, com um pouco de exagero, que não dormi nem um pouco.

Esta manhã, os homens desceram e verificaram se a porta da frente ainda estava trancada, e tudo estava seguro!

Claro que os acontecimentos, por mais desagradáveis que tivessem sido, foram descritos em detalhes para todo o escritório, porque depois de acontecer é fácil rir de algo assim, e só Bep nos levou a sério.

Sua Anne

P.S.: O vaso sanitário estava muito entupido esta manhã, e papai, com um longo bastão de madeira, teve que tirar todas as receitas de morango (nosso papel higiênico atual) e alguns quilos de cocô. Mais tarde, a madeira foi mantida no fogo para limpeza.

Sua Anne

Sábado,
27 de março de 1943

Querida Kitty,

O curso de taquigrafia está concluído. A partir de agora, praticamos velocidade. Como seremos eficientes! Além disso, quero contar algo sobre como mato o tempo (chamo assim porque não fazemos nada além de deixar os dias passarem o mais rápido possível, para que o fim do período de esconderijo chegue logo). Sou obcecada por mitologia e principalmente pelos deuses gregos e romanos. Aqui, eles acreditam que essas coisas são apenas tendências temporárias, nunca ouviram falar de uma adolescente apaixonada pelos deuses. Ora, então, eu serei a pioneira!

O senhor Van Pels pegou um resfriado, ou melhor, ele está com um pouco de dor de garganta. Ele faz um grande drama: gargareja com chá de camomila, enxágua o palato com tintura de mirra, passa pomada no peito, no nariz, nos dentes e na língua e, ainda por cima, fica de mau humor!

Rauter, um Mof[3] de alto escalão, proferiu o seguinte discurso:

> Todos os judeus devem deixar os países alemães até 1.º de julho. De 1.º de março a 1.º de junho as províncias: de 1.º de abril a 1.º de maio a província de Utrecht será limpa (como se fossem baratas), de 1.º de maio a 1.º de junho as províncias da Holanda do Norte e do Sul.

---

[3] Forma pejorativa que os holandeses usavam para se referir aos alemães. No plural, *Moffen*. (N.E.)

Como um rebanho de gado mísero, doente e abandonado, esses pobres são levados para os sórdidos matadouros. Mas é melhor eu me calar, só tenho pesadelos com meus próprios pensamentos!

Outra boa notícia é que a agência alemã da Bolsa de Trabalhadores foi incendiada por sabotagem. Poucos dias depois, foi a vez do cartório de registros civil. Homens com uniformes da polícia alemã amordaçaram os guardas e eliminaram papéis importantes.

Sua Anne

Quinta-feira,
1 de abril de 1943

Querida Kitty,

Realmente não estou em clima de brincadeira (conferir a data), pelo contrário, hoje posso citar com razão o ditado: "A desgraça raramente vem sozinha." Em primeiro lugar, nosso incentivador, o senhor Kleiman, teve um sangramento grave no estômago ontem e tem que ficar de cama por pelo menos três semanas. Você deve saber que o senhor Kleiman muitas vezes sofre de sangramento no estômago, para o qual parece não haver cura.

Em segundo, Bep está com gripe. Em terceiro lugar, o senhor Voskuijl precisa ir ao hospital na próxima semana. Ele deve ter uma úlcera e precisará de cirurgia. Em quarto lugar, os diretores das fábricas da Pomosin vieram de Frankfurt discutir as novas entregas da Opekta. Meu pai havia discutido todos os pormenores dessa reunião com Kleiman; o senhor Kugler não pôde ser bem inteirado do assunto às pressas.

Os senhores de Frankfurt vieram, e papai já estava tremendo de antemão sobre o resultado da reunião.

— Se ao menos eu pudesse participar, estaria lá embaixo — disse ele animadamente.

— Então deite-se voltado com o ouvido no chão, porque os senhores vêm para o gabinete privado, e, desta forma, você consegue ouvir tudo.

O rosto do pai se iluminou, e ontem de manhã, às dez e meia, Margot e Pim (dois ouvidos ouvem mais do que um!) prostraram-se ao chão. A reunião não terminou pela manhã, mas à tarde papai não pôde continuar a campanha de espionagem: estava exausto pela posição incomum e cansativa. Eu tomei o lugar dele quando às duas e meia ouvimos vozes no corredor. Margot me fez companhia. Parte da conversa foi tão longa e chata que de repente adormeci no chão duro e frio de linóleo. Margot não se atreveu a me cutucar por medo de que nos ouvissem lá embaixo, e me chamar não funcionava. Dormi uma boa meia hora, depois acordei com um sobressalto e tinha esquecido tudo sobre a reunião importante. Por sorte, Margot havia prestado maior atenção.

*Sexta-feira,
2 de abril de 1943*

Querida Kitty,

Ah, tenho algo mais de terrível no meu registro de pecados!

Ontem à noite, eu estava deitada na cama, esperando que papai viesse orar comigo e me desse boa-noite, quando mamãe entrou no quarto, sentou na minha cama e perguntou muito humildemente:

— Anne, papai ainda não veio, não deveríamos orar juntas?

— Não, Mansa — respondi.

Mamãe se levantou, parou ao lado da minha cama por um instante, depois caminhou lentamente até a porta. De súbito, ela se virou e disse com o rosto contorcido:

— Não quero ficar com raiva de você. O amor não pode ser forçado!

Algumas lágrimas escorriam por seu rosto enquanto ela saía pela porta.

Fiquei deitada, me sentindo desprezível por repudiá-la com tanta veemência, mas também sabendo que não poderia ter respondido nada além disso. Não posso fingir e orar com ela contra a minha vontade. Simplesmente não funcionaria. Senti pena de mamãe, muita, muita, porque pela primeira vez na vida percebi que minha atitude fria não a deixava indiferente. Vi a tristeza em seu rosto enquanto ela falava do amor que não pode ser forçado. É difícil dizer a verdade, mas a verdade é que ela mesma me afastou, que me insensibilizou a qualquer amor de sua parte, com seus comentários absurdos, suas piadas rudes sobre coisas com as quais eu jamais brincaria. Assim como eu me retraio toda vez que ela me machuca com suas palavras duras, seu coração se contraiu quando ela percebeu que o amor entre nós realmente se foi.

Ela chorou metade da noite e dormiu mal a noite toda. Papai não olha para mim e, se o faz por um momento, vejo as palavras em seus olhos: "Como você ousa ser tão desagradável, como ousa causar tanto sofrimento à sua mãe!"

Todos esperavam minhas desculpas, mas isto é uma coisa pela qual não posso me desculpar, porque disse algo que é verdade e de que a mãe precisaria saber de qualquer maneira mais cedo ou mais tarde. Pareço e sou indiferente às lágrimas da minha mãe e ao olhar do meu pai porque ambos estão sentindo pela primeira vez algo que sinto constantemente. Só posso ter pena de mamãe, que precisa recuperar o controle. Quanto a mim, permaneço calada e fria e também não me esquivarei da verdade no futuro, porque quanto mais tempo ficar sem ser dita, mais difícil será ouvir!

Sua Anne

*Terça-feira,
27 de abril de 1943*

Querida Kitty,

A casa inteira retumba por causa de brigas. Mamãe e eu, o senhor Van Pels e papai, mamãe e a dona, estamos todos bravos uns com os outros, ótimas energias, hein? O registro habitual de pecados de Anne voltou à tona.

No sábado passado, os senhores estrangeiros fizeram outra visita. Eles ficaram até as seis horas; todos nós nos agachamos no andar superior e não ousamos nos mexer. Quando ninguém mais está trabalhando aqui na casa ou nas casas vizinhas, é possível ouvir todos os passos no escritório particular. Voltei a sofrer de comichão de ficar sentada; permanecer assim quieta por tanto tempo é muito ruim.

O senhor Voskuijl já está no *Binnengasthuis*. O senhor Kleiman está de volta ao escritório, o sangramento do estômago pôde ser contido mais rápido que da vez anterior. Ele me disse que os bombeiros também demoliram o registro civil. Em vez de apagar o fogo, eles o alagaram. Para meu prazer!

O Hotel Carlton está desmoronando. Dois aviões britânicos com um grande arsenal de bombas incendiárias sobrevoaram as residências alemãs. A "casa do oficial" caiu. O cruzamento entre as ruas Vijzelstraat e Singel está ardendo em chamas. Os ataques aéreos às cidades alemãs estão se tornando cada dia mais violentos. Não temos mais descanso à noite; estou com olheiras e bolsas nos olhos por não dormir.

A alimentação é uma calamidade: o café da manhã é com pão seco e café de cevada; o almoço há 14 dias: espinafre ou salada; as batatas de vinte centímetros têm gosto adocicado e podre.

Se quer perder peso, basta vir à Casa dos Fundos! No andar superior, lamenta-se. Não achamos tão trágico.

Todos os homens que lutaram ou foram mobilizados em 1940 foram informados de que deverão trabalhar para o *Führer* nos campos de prisioneiros de guerra. É definitivamente uma medida de precaução antes da invasão!

Sua Anne

Sábado, 1 de maio de 1943

Querida Kitty,

Foi o aniversário de Pfeffer. Antes disso, ele agia como se não quisesse saber nada, mas, quando Miep entrou com uma grande sacola de compras transbordando de pacotes, ele ficou tão animado quanto uma criança. Sua Lotjie enviou-lhe ovos, manteiga, bolachas, limonada, pão, conhaque, bolo de mel, flores, laranjas, chocolate, livros e papel de carta. Ele montou uma mesa de aniversário e a colocou em exposição por três dias, esse velho burro!

Não pense que ele passa fome. Encontramos pão, queijo, geleia e ovos em seu armário. É mais do que escandaloso que ele, que abrigamos com carinho e com o único propósito de salvá-lo da calamidade, agora está aí, enchendo a barriga nas nossas costas e não divide nada. E nós dividimos tudo com ele!

Achamos ainda pior, no entanto, que ele também seja tão mesquinho com Kleiman, Voskuijl e Bep, que nada recebem dele. As laranjas, que tanta falta fazem no tratamento do estômago doente de Kleiman, Pfeffer acha mais saudáveis para seu próprio estômago.

Ontem à noite, tive que empacotar todos os meus pertences quatro vezes, por causa dos violentos disparos. Hoje arrumei uma pequena mala com as coisas mais importantes de fuga. Mas a mãe diz com razão:

— Para onde você quer fugir?

Toda a Holanda será castigada pelas greves de muitos trabalhadores. É por isso que foi declarado estado de sítio, e todos ganham um cupom de manteiga a menos. É o castigo que recebem as crianças malcriadas!

Além disso, hoje à noite lavei o cabelo de mamãe, o que agora não é nada fácil. Como não temos mais xampu, precisamos nos contentar com um sabonete líquido e pegajoso, e depois, Mans não consegue desembaraçar o cabelo direito, porque o pente da família não tem mais do que dez dentes.

Sua Anne

*Terça-feira,
18 de maio de 1943*

Querida Kitty,

Fui testemunha ocular de um confronto aéreo cruel entre aviadores alemães e ingleses. É uma pena que alguns pilotos dos Aliados tiveram que se ejetar de suas aeronaves em chamas. Nosso leiteiro, que mora em Halfweg, viu quatro canadenses sentados à beira da estrada, um dos quais falava holandês com fluência. Este pediu ao leiteiro fogo para acender o cigarro e disse-lhe que a tripulação da aeronave era composta por seis pessoas. O piloto morreu queimado e o quinto homem estava escondido em algum lugar. A polícia verde apareceu detendo os quatro homens sãos. Como é possível que, depois de uma tremenda viagem de paraquedas, ainda seja possível ter tanta presença de espírito?

Embora esteja bastante calor, temos que acender os aquecedores e queimar resíduos vegetais e lixo a cada dois dias. Não podemos jogar nada nas lixeiras, porque sempre temos que considerar o funcionário do armazém. Como é fácil que um mínimo descuido possa ser tão traiçoeiro!

Todos os estudantes que desejam iniciar ou continuar seus estudos este ano devem assinar uma lista das autoridades dizendo que "simpatizam com todos os alemães e são favoráveis à nova ordem". Oitenta por cento deles nem sonham em trair sua consciência e suas crenças, mas as consequências não tardam a aparecer. Todos os estudantes que não assinaram deverão ir para um campo de trabalho na Alemanha. O que restará à juventude holandesa quando todos tiverem que trabalhar duro na Alemanha?

Por causa dos fortes disparos, mamãe fechou a janela na noite anterior. Eu estava na cama de Pim. De repente, a dona pulou da cama, como quando Mouschi a mordeu, e logo depois houve um estrondo. Parecia que uma bomba incendiária havia caído ao lado da minha cama. Então berrei:

— Luz, luz!

Pim acendeu a lâmpada. Eu não esperava nada além de ver o quarto pegando fogo em poucos minutos. Nada aconteceu. Todos corremos lá para cima para ver o que estava acontecendo.

O senhor e a senhora Van Pels viram um clarão cor-de-rosa pela janela aberta. O senhor pensou que havia um incêndio na vizinhança, e a dona pensou que nossa casa havia pegado fogo. No estrondo que se seguiu, a dona já estava de pé sobre as pernas trêmulas. Pfeffer fumou outro cigarro no andar de cima, e o resto de nós voltou para a cama. Passaram-se menos de 15 minutos, e o tiroteio recomeçou. A dona logo se levantou e desceu as escadas até o quarto de Pfeffer para encontrar a paz que seu marido não lhe deu. Pfeffer a recebeu com as palavras:

— Venha para minha cama, minha filha!

Mal pudemos conter o riso. O retumbar da artilharia não podia mais nos ferir, nosso receio evaporou.

Sua Anne

*Domingo,
13 de junho de 1943*

Querida Kitty,

    Meu poema de aniversário escrito por papai é muito legal, simplesmente não posso esconder isso de você. Como Pim escreve poesia em alemão, Margot teve que começar a traduzir. Com base na passagem aqui reproduzida, julgue por si mesmo se Margot fez um ótimo trabalho ao completar a tarefa que assumiu por conta própria. Começa com um breve resumo habitual dos eventos do ano e continua assim:

> Como a mais jovem, mesmo sem ser a menor,
> não lhe parece fácil ter um professor
> sem que lhe soe um tanto aborrecedor:
>
> — Presta muita atenção! Nós temos experiência!
> Deve nos consultar para agir com prudência!
> Aceita este conselho com contentamento!
>
> Os dias, meses e anos passam num momento.
> Mas quem retira o peso dos próprios pecados
> põe-se a julgar que os outros já estão condenados.
> Erros alheios sempre são graves demais!
> É bastante difícil para nós, seus pais,
> julgar de um modo bom, equânime e correto,
> mas culpar os adultos não parece certo.
> Quem quiser se reunir com gente mais idosa
> precisa suportar muita bronca penosa,
> tantas reprovações e, pela paz reinante,
> engolir tudo como a um amargo purgante!
> Os meses aqui não transcorreram à toa;
> tal ideia jamais lhe soaria boa.
> Nesses dias, sem tédio, pôde, sobretudo,
> gastar o tempo com a literatura e o estudo.
> À próxima questão, não há nenhuma pista:

— O que devo vestir? Qualquer roupa que eu vista
tem estreita cintura ou encurtada manga;
minha camisa é igual a uma pequena tanga;
os sapatos me causam dolorosos calos;
são tantos ais que sou incapaz de expressá-los...

Conquanto o crescimento de um palmo se observe,
compreende-se por que já nada mais lhe serve.

Margot, enquanto traduzia, não conseguiu pôr em rima a parte da comida, então vou deixar de fora. Você gostou do poema tanto quanto eu? Também fui muito mimada e ganhei coisas muito legais. Entre elas, um livro grosso sobre meu tema favorito: a mitologia greco-romana. Também não posso reclamar da falta de doces, todo mundo já começou seu último estoque. Como a caçula da família de escondidos, fui de fato homenageada com muito mais do que mereço.

Sua Anne

*Terça-feira,
15 de junho de 1943*

Querida Kitty,

Muita coisa aconteceu, mas acho que principalmente todas as minhas conversas bobas e desinteressantes devem ter lhe aborrecido muito e você deve ficar feliz por não receber tantas cartas. Por isso, farei apenas um breve relato dos acontecimentos.

Senhor Voskuijl não foi operado do estômago. Enquanto ele estava deitado na mesa de cirurgia e seu estômago foi aberto, os médicos constataram que ele tinha um câncer com risco de morte que avançou até o ponto em que a cirurgia já não era mais possível. Eles apenas fecharam sua barriga novamente, mantiveram-no na cama e o alimentaram com boa refeição por três semanas, depois o mandaram de volta para casa. Mas eles cometeram uma estupidez criminosa, a saber: disseram ao pobre homem justamente do que ele padecia. Ele não é mais capaz de trabalhar, fica em casa com seus oito filhos e pensa em sua morte iminente. Sinto muito por ele e acho muito triste não podermos sair à rua, senão eu certamente o visitaria com frequência para distraí-lo. É uma catástrofe para nós que o bom Voskuijl não nos mantenha informados sobre tudo o que está acontecendo e se ouve no armazém. Ele foi a nossa melhor ajuda em relação à precaução; sentimos muito a sua falta.

No próximo mês, será a nossa vez de entregar a rádio. Kleiman tem em casa um pequeno aparelho em segredo, que vamos receber como substituto do nosso grande Philips. É realmente uma pena que este belo aparelho tenha que ser entregue, mas uma casa em que as pessoas estão escondidas não deve, em hipótese alguma, chamar a atenção das autoridades.

É claro que vamos colocar o pequeno rádio no andar de cima. Um rádio ilegal combina bem com judeus ilegais, dinheiro ilegal e cobre ilegal. Todo o mundo está tentando se apossar de um aparelho velho para entregar no lugar de sua "fonte de coragem". É verdade que, quando as notícias externas estão cada vez piores, o rádio, com sua voz maravilhosa, nos ajuda a não desanimar e a repetir sem parar:

— Anime-se, tenha coragem, virão outros tempos!

Sua Anne

Domingo,
11 de julho de 1943

Querida Kitty,

Voltando ao tema da educação, posso dizer que me empenho bastante para ser útil, solícita e agradável e fazer tudo de forma que a chuva de reprovações se transforme em garoa. Quando você não leva isso a sério, é muito difícil ser tão exemplar perto de pessoas que você odeia. Mas, na verdade, acho melhor ir fingindo um pouco, em vez de seguir meu velho hábito de dar a todos as minhas opiniões livremente (embora ninguém nunca peça minha opinião ou se importe com isso). Claro, muitas vezes saio do personagem e não consigo engolir minha raiva diante das injustiças, de modo que a garota mais atrevida do mundo é insultada novamente por quatro semanas. Você não concorda que às vezes eu mereço compaixão?

Ainda bem que não sou uma chata, porque assim eu ficaria azeda e perderia o bom humor. Na maioria das vezes, encaro as reprimendas com um lado bem-humorado, mas acho isso mais fácil quando alguém está sendo repreendido do que quando é algo que eu mesma tenho que engolir.

Também decidi (depois de refletir muito) deixar a taquigrafia um pouco de lado. Em primeiro lugar, para ter mais tempo para as outras disciplinas; e, em segundo lugar, por causa dos meus olhos, que estão bastante arruinados. Agravou-se a minha miopia e há muito tempo eu já deveria estar usando óculos (vou parecer uma coruja, hein!), mas você sabe, pessoas escondidas não podem...

Ontem, a casa inteira só falava dos olhos de Anne, porque mamãe havia sugerido que a senhora Kleiman fosse comigo ao oftalmologista. Quando ouvi isso, meus joelhos fraquejaram por um momento, porque isso não é brincadeira de criança. Andar na rua! Imagine só! Andar na rua! É algo inconcebível!

Primeiro, fiquei apavorada e depois, feliz. Mas não foi tão fácil, porque nem todos os responsáveis que precisam decidir sobre essa atitude concordaram logo. Todas as dificuldades e riscos tinham que ser pesados primeiro, embora Miep quisesse ir comigo na mesma hora. Já tirei do armário o meu casaco cinza, mas estava tão pequeno que parecia que pertencia à minha irmã mais nova. A bainha foi deixada de fora, mas não pode mais ser abotoada. Estou de fato curiosa para saber qual será o veredito, mas acho que nada sairá do plano, porque os ingleses agora desembarcaram na Sicília e papai voltou a se preparar para um "fim em breve".

Bep dá a Margot e a mim muito trabalho de escritório, nós duas levamos isso muito a sério além de ser uma grande ajuda para ela. Qualquer pessoa pode arquivar a correspondência e lançar as contas, mas fazemos isso com cuidado especial.

Miep é uma verdadeira mula de carga; ela trabalha duro. Quase todos os dias, encontra vegetais em algum lugar e traz tudo em sua bicicleta, em grandes sacolas de compras. É também ela que nos traz cinco livros da biblioteca todos os sábados.

Nós sempre aguardamos com ansiedade pelo sábado, porque é quando os livros chegam, e ficamos como criancinhas ansiosas por um presente. As pessoas comuns também não percebem o quanto os livros significam para quem se encontra isolado. Ler, estudar e ouvir rádio são nossas únicas distrações.

Sua Anne

*Sexta-feira,
16 de julho de 1943*

Querida Kitty,

Houve outro assalto, mas desta vez de verdade! Peter foi ao armazém às sete horas hoje de manhã, como sempre, e logo notou que a porta do armazém e a porta da frente estavam abertas. Ele imediatamente informou Pim, que ligou o rádio numa emissora alemã no escritório particular e trancou a porta. Em seguida, os dois subiram juntos. A regra usual nesses casos — não se lavar, ficar parado, estar pronto às oito horas e não ir ao banheiro — foi rigorosamente observada, como sempre. Todos os oito ficamos felizes por termos dormido tão bem à noite e não ouvirmos nada. No entanto, ficamos um pouco indignados porque ninguém nos levou em consideração durante toda a manhã, e o senhor Kleiman nos deixou nessa incerteza tensa até as onze e meia. Ele nos disse que os ladrões haviam arrombado a porta da frente e também arrombado a porta do armazém com um pé de cabra. No entanto, não havia muito o que levar de lá, então os ladrões tentaram a sorte no andar superior. Roubaram duas caixas com quarenta florins, cheques em branco e cadernetas de poupança e, o pior de tudo, toda a nossa cota de açúcar, no valor de nada menos que 150 florins.

Isso foi logo comunicado à *Meelcentrale* para que pudéssemos obter mais cupons, mas não será tão fácil.

O senhor Kugler acha que este ladrão pertence à mesma gangue que esteve aqui há seis semanas e tentou arrombar as três portas (uma porta do armazém e duas da frente), mas na ocasião não conseguiu. O incidente voltou a causar alguma comoção, mas a Casa dos Fundos não parece ser capaz de prescindir dela. É claro que ficamos contentes que as máquinas de escrever e a caixa registradora estavam seguras em nosso armário.

Sua Anne

P.S.: Desembarque na Sicília. Mais um passo para o...!

*Segunda-feira,
19 julho de 1943*

Querida Kitty,

O bairro de Amsterdam-Noord foi fortemente bombardeado no domingo. A devastação deve ser terrível, ruas inteiras estão em ruínas e levará muito tempo até que todas as pessoas sejam desenterradas.

Até agora há duzentos mortos e inúmeros feridos; os hospitais estão superlotados. Ouvimos falar de crianças perdidas nas ruínas fumegantes à procura de seus pais mortos. Ainda sinto calafrios quando penso no trovão surdo e retumbante à distância, o que para nós era um sinal de destruição próxima.

*Sexta-feira,
23 de julho de 1943*

    Bep agora já pode conseguir cadernos, em especial agendas e livros de contabilidade, úteis para minha irmã contadora! Existem outros cadernos à venda, mas não pergunte quais são e por quanto tempo. Os cadernos atualmente têm esta inscrição: "Disponível sem cupons!" Como tudo aquilo que ainda está disponível "sem cupons", estes também são de quinta categoria...

    Tais cadernos contêm doze folhas de papel pardo, bem pautado. Margot se pergunta se deveria fazer um curso de caligrafia daquele mesmo lugar onde fizemos a taquigrafia! Aconselhei-a com veemência que ainda pode servir para melhorar a escrita. Mamãe não quer que eu participe de jeito nenhum por causa dos meus olhos, mas acho uma bobagem. Se estou fazendo isso ou qualquer outra coisa, pouco importa.

    Perguntamos uns aos outros qual seria a primeira coisa que faríamos se nos tornássemos pessoas normais outra vez. Margot vai tomar um banho quente e completo, a mãe quer ir primeiro a uma confeitaria, o pai quer visitar Voskuijl, e eu não saberia o que quero fazer de tão feliz!

    Acima de tudo, eu gostaria de ter a minha própria casa, liberdade de ir e vir e, por fim, ajuda com meus estudos, ou seja, ir para a escola! Bep poderia nos trazer algumas frutas. Custa pouco. Uvas estão cinco florins por quilo, groselhas 0,70 florins por libra, 0,50 florins o pêssego, um quilo de melão 1,50 florins. E então, todas as noites, imprimem no jornal em letras gigantes: INFLAÇÃO É USURA!

*Segunda-feira,
26 de julho de 1943*

Querida Kitty,

Ontem foi um dia muito turbulento e ainda estamos alvoroçados. Você de fato pode nos perguntar que dia passa sem emoção. De manhã, no café da manhã, tivemos o primeiro pré-alarme, mas não demos a mínima, porque significa que os aviões estão na costa. Após o café da manhã, deitei-me por uma hora porque estava com uma forte dor de cabeça e depois fui para o escritório. Eram cerca de duas da tarde. Por volta das duas e meia, Margot havia terminado seu trabalho de escritório. Assim que ela arrumou suas coisas, as sirenes tocaram, e então eu a levei de volta para cima. Já era a hora, mesmo porque não estávamos lá nem bem cinco minutos quando o tiroteio começou, então ficamos no corredor. E com certeza, a casa já estava estremecendo, e as bombas caindo. Agarrei minha mala de fuga, mais para me agarrar do que para fugir, porque não podemos fugir, ou pior de tudo, corremos tanto perigo na rua quanto durante um bombardeio. Depois de meia hora, os aviões pararam, mas a agitação na casa aumentou. Peter desceu de sua vigia no sótão, Pfeffer estava no escritório da frente, a dona se sentia segura no escritório particular, o senhor Van Pels assistiu do mezanino, e da pequena antessala nós também adotamos postos diferentes para ver as colunas de fumaça subindo sobre o IJ. Logo, sentia-se um cheiro de queimado por toda parte, e do lado de fora parecia pairar uma névoa espessa.

Embora um incêndio tão grande não seja uma bela visão, felizmente deixamos aquilo para lá e voltamos às nossas respectivas atividades. À noite, no jantar, soou o alarme de ataque aéreo. A refeição estava deliciosa, mas só aquele ruído me fez perder o apetite. Porém, nada aconteceu, e 45 minutos depois a situação estava sob controle. A louça tinha acabado de ser lavada, e de novo alarmes antiaéreos, tiroteios, um monte de aviões... "Ah, meu Deus, duas vezes em um dia, é demais", todos nós pensamos, mas não adiantou: choviam bombas novamente, desta vez do outro lado, em "Skiphol", como dizem os ingleses.

Os aviões desciam, subiam, o ar zumbia. Era muito assustador, a cada momento, eu pensava: "Agora ele cai, chegou a minha hora."

Acredite, quando fui para a cama, às nove horas, ainda não conseguia fazer as pernas pararem de tremer. Acordei às doze horas em ponto: aviões. Pfeffer acabava de se despir, e eu não me importei. Bem acordada, pulei da cama logo no primeiro tiro. Fiquei até a uma hora da manhã na sala, à uma e meia na cama, às duas horas de volta com o pai, e eles continuaram voando e voando. Não foram disparados mais tiros, e então consegui voltar para o meu quarto. Adormeci, às duas e meia.

Às sete horas, acordei sobressaltada e me endireitei sentada na cama. Van Pels estava com papai. "Ladrões", esse foi o meu primeiro pensamento. "Tudo", ouvi Van Pels dizer e pensei que tudo tivesse sido roubado. Mas não! Desta vez, foi uma notícia maravilhosa; não ouvíamos nada tão bom fazia meses, talvez durante todos os anos de guerra: Mussolini renunciou, o rei da Itália assumiu o governo. Nós aplaudimos. Depois do horrível acontecimento de ontem, até que enfim algo bom e... esperança. Esperança do fim, esperança de paz. Kugler num piscar de olhos explicou que a Fokker havia sido fortemente atingida. Nesse meio-tempo, ainda de manhã, ouvimos um novo alarme de ataque aéreo, com aviões sobrevoando e outro alarme prévio. Estou farta dos alarmes; mal pude dormir e não tenho vontade de trabalhar, mas agora a tensão sobre a Itália está nos mantendo acordados, com esperança para o final do ano...

Sua Anne

Quinta-feira,
29 de julho de 1943

Querida Kitty,

A senhora Van Pels, Pfeffer e eu lavávamos a louça, e eu estava estranhamente calada, o que é incomum, e eles logo perceberiam.

Então, para evitar perguntas, logo procurei um tema relativamente neutro e acreditei que o livro *Henri do outro lado da rua* seria adequado para esse propósito. Mas estava errada. Se não consigo uma bronca da dona, então recebo uma do senhor Pfeffer. Aconteceu assim: o senhor Pfeffer nos havia recomendado calorosamente este livro como uma excelente obra. Margot e eu, por outro lado, achamos que era tudo, menos excelente: o garotinho foi bem retratado, mas o resto... Prefiro até ficar calada. Comentei algo sobre isso enquanto lavava a louça e fui detonada por completo:

— Como você pode entender a psique masculina? De uma criança não é tão difícil (!). Você é muito jovem para um livro como esse; nem sequer um homem de vinte anos poderia de fato entendê-lo.

(Por que então ele recomendou o livro para mim e Margot?) E Pfeffer e a dona continuaram conversando:

— Você sabe demais sobre coisas que não são para você! Você foi criada de um modo totalmente errado. Mais tarde, quando for mais velha, nada vai lhe agradar, porque vai dizer: "Já li isso nos livros há vinte anos." Você vai ter que se apressar se quiser conseguir um noivo ou se apaixonar, mas definitivamente vai se decepcionar com tudo. Você já aprendeu na teoria; só lhe está faltando a prática!

Quem não poderia imaginar minha situação? Fiquei espantada comigo mesma por ser capaz de responder com calma:

— Você pode pensar que fui criada de um modo errado, mas nem todos concordariam!

Uma boa criação certamente inclui causar discórdia entre mim e meus pais dessa maneira, porque é o que costumam fazer, e não falar de tais assuntos para uma menina da minha idade é algo de fato excelente! As consequências de tal educação estão evidentemente demonstradas.

Eu poderia ter esbofeteado os dois que estavam zombando de mim naquele momento. Estava fora de mim de tanta raiva e de fato começaria a contar os dias (se eu soubesse até onde contar) para me ver livre daquelas pessoas.

A senhora Van Pels é uma delas! E então deveriam ser esses os exemplos? Ora, exemplos, sem dúvida... porém, maus. A senhora Van Pels é considerada muito imodesta, egoísta, ardilosa, calculista e insatisfeita com tudo. A que se deve acrescentar vaidade e coqueteria. Ela é, não há como negar, uma pessoa francamente insuportável. Eu poderia preencher volumes inteiros sobre a senhora Van Pels, e talvez eu consiga fazer isso em algum momento. Por fora, bela viola; por dentro, pão bolorento! A dona é bastante amistosa com estranhos e, sobretudo, com os homens, e, por isso, engana quem acaba de conhecê-la.

Mamãe acha-a estúpida demais para desperdiçar uma palavra com ela; para Margot, ela é muito insignificante; para Pim, muito feia (em sentido literal e figurativo!), e eu, depois de um longo trajeto, pois jamais sou tendenciosa no início, também cheguei à conclusão de que ela é todas essas três coisas e muitas outras. Se ela tem tantos aspectos ruins, por que eu começaria com um único?

Sua Anne

*Terça-feira,
3 de agosto de 1943*

Querida Kitty,

As coisas estão indo muito bem com a política. Na Itália, o partido fascista foi banido. Em muitos lugares, o povo está lutando contra os fascistas, e alguns militares estão participando da luta. Como pode tal país continuar em guerra com a Inglaterra?

Nosso belo rádio foi levado na semana passada. Pfeffer ficou muito bravo porque Kugler o entregou na data certa. Meu respeito por Pfeffer está caindo cada vez mais, já está um pouco abaixo de zero. O que quer que ele diga sobre política, história, geografia ou qualquer outra coisa é tão absurdo que quase não ouso repetir aqui.

"Hitler desaparecerá na história." "O porto de Roterdã é maior que o de Hamburgo." "Os ingleses são idiotas porque no momento não estão bombardeando para valer a Itália" etc. etc.

Um terceiro bombardeio ocorreu; eu cerrei os dentes como exercício de bravura.

A senhora Van Pels, que sempre dizia "Deixe-os vir", "Melhor que termine de modo terrível do que jamais termine", é a mais covarde de todos nós. Esta manhã, ela tremia como vara verde e até caiu em prantos. Seu marido, com quem ela acabara de fazer as pazes depois de uma semana de briga, a confortou; o espetáculo por si só quase me comoveu.

Mouschi é a prova evidente de que manter gatos não traz apenas vantagens. A casa inteira está fervilhando de pulgas, a praga está ficando maior a cada dia. O senhor Kleiman espalhou pó amarelo por todos os cantos, mas as pulgas não se importam. Todos ficamos nervosos; é como se algo estivesse rastejando no braço, na perna ou em outra parte do corpo; por isso tantos membros da família ficam se contorcendo para olhar a parte de trás da perna ou por cima do ombro. Agora, o erro de nos exercitarmos tão pouco: mal podemos virar o pescoço. Há muito a ginástica de fato foi negligenciada.

Sua Anne

*Quarta-feira,
4 de agosto de 1943*

Querida Kitty,

Agora que estamos reclusos há mais de um ano na Casa dos Fundos, você já conhece um pouco sobre nossa vida, mas ainda não consigo descrevê-la totalmente; é tudo bem diferente do que acontece em tempos normais e com pessoas normais. Para que você ainda possa ter uma visão um pouco mais próxima de nossa vida, vou lhe contar, de vez em quando, uma parte de um dia comum. Hoje, começo com a noite e a madrugada:

Às 21 horas, é quando se inicia na Casa dos Fundos a agitação para ir dormir, e é sempre um grande tumulto. Cadeiras são movidas, camas desdobradas, cobertores estendidos e nada fica onde deveria ficar durante o dia. Durmo no pequeno sofá, que mal mede um metro e meio de comprimento. Por isso, as cadeiras aqui têm que servir como uma extensão. Um acolchoado, os lençóis, os travesseiros, os cobertores, tudo é tirado da cama de Pfeffer, em que são guardados durante o dia.

Ao lado, ouve-se um barulho terrível: é a cama de Margot *à la acordeon*. Novamente capas de sofá e almofadas, tudo para que as ripas de madeira fiquem um pouco mais confortáveis. Parece estar trovejando lá no andar superior, mas é só... a cama da dona. A cama é arrastada para perto da janela, para que Sua Alteza da caminha cor-de-rosa aspire o ar estimulando suas narinas.

Às 21 horas: Depois de Peter, entro no banheiro, onde me submeto a uma limpeza completa, e não é incomum (apenas nos meses, semanas ou dias quentes) uma pequena pulga nadar na água do banho. Em seguida, escovo os dentes, encaracolo o cabelo, faço as unhas, uso cotonetes embebidos em água oxigenada (para branquear pelinhos escuros do buço) e tudo em menos de meia hora.

Às 21h30: visto logo meu roupão e, com sabonete em uma das mãos, penico, grampos de cabelo, calças, bobes e algodão na outra, saio correndo do banheiro, em geral me chamam de volta por causa de alguns fios de cabelos caprichosos que ficaram na pia, mas que não agradam ao próximo que usa o banheiro.

Às 22 horas: colocamos placas nas janelas para escurecer o ambiente e... boa noite! Na casa, ouvem-se o ranger das camas e o gemido das molas quebradas durante pelo menos 15 minutos. Em seguida, tudo fica quieto, pelo menos quando os vizinhos do andar superior não têm uma briga no leito conjugal.

Às 23h30: A porta do banheiro range. Uma estreita nesga de luz cai na sala. Há sapatos rangendo, uma jaqueta grande, ainda maior do que o homem nela... Pfeffer volta de seu trabalho noturno no escritório de Kugler. Passos arrastando para a frente e para trás por dez minutos, farfalhar de papéis, são os alimentos que ele tem que arrumar, e uma cama sendo preparada. Então a figura desaparece e só de vez em quando se ouve um barulho suspeito vindo do banheiro.

Por volta das três horas: Tenho que me levantar para fazer xixi na lata embaixo da minha cama, que está em cima de um tapete de borracha como precaução caso vaze. Sempre prendo a respiração porque respinga na lata como uma cascata. Então a lata é recolocada em seu lugar, e uma figura de camisola branca, que todas as manhãs faz Margot exclamar: "Ah, essa camisola indecente", deita-se na cama. Um certo alguém então ouve os sons noturnos por quase quinze minutos. Principalmente, se pode haver algum ladrão lá embaixo, em seguida os diferentes ruídos das camas, lá em cima, ao lado e no aposento, que em geral revelam como os colegas de casa estão dormindo ou se passam a noite meio acordados. Este último caso é decididamente desagradável, em especial quando é um membro chamado doutor Pfeffer.

Primeiro, ouço um som fraco, como se um peixe tentasse respirar, que é repetido cerca de dez vezes; depois os lábios são extensivamente umedecidos, alternados com pequenos ruídos de mastigação, seguidos por um remexer de cama em movimento de ida e volta mais longos e afofar o travesseiro. Cinco minutos de completo silêncio, e então essa sequência de eventos se repete pelo menos mais três vezes, até que o médico sossegue para dormir por um tempo.

Também pode acontecer que se ouçam disparos em horários diferentes, entre uma e quatro horas da manhã. Nunca atento totalmente para o que ocorreu até que me vejo ao lado da minha cama por hábito. Às vezes, estou tão imersa em um sonho que penso em verbos irregulares franceses ou em alguma briga com o pessoal do andar superior. É só quando termina que percebo que se tratava de disparos e que fiquei imóvel no quarto. Mas em geral tudo ocorre como descrito acima. Rapidamente pego um travesseiro e um lenço, visto um roupão, chinelos e depois corro para papai, assim como Margot descreveu no poema de aniversário: "Aos primeiros disparos noturnos, a porta range, erguemos os olhos, e o que vemos... um lenço, um travesseiro, uma garotinha..."

Quando chego à cama grande, o maior choque já passou, a menos que o tiroteio seja muito violento.

<u>Às 6h45</u>: Trrrrrrim... o pequeno despertador, que pode levantar a voz a qualquer hora do dia (quando você quiser e às vezes sozinho). Craque... bangue... a dona desliga. Craque... o senhor se levanta. Coloca a água para ferver e logo vai ao banheiro.

<u>Às 7h15</u>: A porta range novamente. Pfeffer já pode ir ao banheiro. Depois, quando estou sozinha, retirados os tampos de escurecimento... e o novo dia na Casa dos Fundos começa.

Sua Anne

*Quinta-feira,
5 de agosto de 1943*

Querida Kitty,

Hoje vamos fazer nossa pausa para o almoço:

<u>É meio-dia e meia</u>: todo o bando suspira de alívio. Agora, Van Maaren, o homem com o passado sombrio, e De Kok voltaram para casa. Lá em cima é possível ouvir o ronco do aspirador de pó no tapete elegante e "único" da dona. Margot enfia alguns livros debaixo do braço e vai dar aula "para crianças com dificuldades de aprendizagem", porque essa é a categoria em que enquadra Pfeffer.

Pim se senta em um canto com seu inseparável Dickens, apenas para encontrar um lugar para repousar. Mamãe corre para o andar superior para ajudar a dona de casa ocupada, e eu vou ao banheiro para me arrumar um pouco e a ele também.

<u>Às 12h45</u>: Todos aparecem. Primeiro, o senhor Gies, depois Kleiman ou Kugler, Bep e às vezes também Miep, por pouco tempo.

<u>Às 13 horas</u>: Estamos todos ouvindo a BBC. Amontoados em torno do pequeno rádio, estes são os únicos minutos em que os membros da Casa dos Fundos não se interrompem, pois ali está falando alguém que nem mesmo o senhor Van Pels pode contradizer.

<u>Às 13h15</u>: A grande distribuição de alimentos. Todo mundo lá de baixo pega um prato de sopa e, se houver, um pouco de sobremesa. Satisfeito, o senhor Gies se senta no sofá ou se encosta na mesa. Com o jornal, o prato e, principalmente, o gato ao lado dele. Se uma das três coisas estiver faltando, não vai deixar de protestar. Kleiman conta-nos as últimas notícias da cidade; ele é de fato uma ótima fonte. Kugler sobe as escadas com bastante alarde, e, com uma batida curta e forte à porta, ele entra esfregando as mãos, seja de bom humor e expansivo, seja de mau humor e taciturno, dependendo de seu estado de espírito.

<u>Às 13h45</u>: Os comensais se levantam e cada um volta à própria atividade. Margot e mamãe lavam a louça, o senhor e a senhora Van Pels

deitam-se no sofá, Peter vai para o sótão, papai deita-se no sofá, Pfeffer também e Anne começa a trabalhar. Segue-se então a hora mais quieta; enquanto todos estão dormindo, ninguém é incomodado. Pfeffer está sonhando com uma refeição apetitosa, como de fato transmite sua fisionomia, mas não permaneço ali o observando, porque o tempo está se esgotando, e às quatro horas o médico pedante já estará lá com o relógio na mão, porque eu atrasei um minuto a limpeza de sua escrivaninha.

Sua Anne

Sábado, 7 de agosto de 1943

Querida Kitty,

Uma interrupção nas descrições da Casa dos Fundos. Há algumas semanas comecei a escrever uma história também, algo inteiramente inventado, e me diverti tanto que minha criação literária está se avolumando.

Como eu lhe prometi que prepararia uma descrição fiel e sem embelezar nada, você também deverá julgar se as criancinhas poderão se divertir com minhas histórias.

KÁTIA

Kátia é a nossa vizinha, e, quando espio pela janela, vejo-a brincando no jardim quando o tempo está bom.

Kátia tem um vestido de veludo bordô para os domingos e um vestido de algodão para os dias de semana, cabelos loiros lisos com rabos de cavalo e olhos azuis-claros. Kátia tem uma mãe querida, mas não tem mais pai. A mãe de Kátia é lavadeira; às vezes, está fora durante o dia, porque limpa as casas de outras pessoas e à noite limpa a roupa de seus "patrões". Às 23h, ela ainda está batendo nos tapetes e pendurando fileiras de lençóis nos varais.

Kátia tem seis irmãos. Há também entre eles uma criança barulhenta, que se agarra às saias de sua irmã de 11 anos quando a mãe grita: "Já para a cama! Hora de dormir!" Kátia tem uma gatinha tão preta quanto um mouro. Kátia cuida bem de sua gatinha. Todas as noites, antes de ir dormir, eu a ouço chamar: "Miu... miu, ga... ta, ga... ta...". Daí o nome Kátia, talvez o nome da menina não seja Kátia, mas pelo menos parece, pode ser. Kátia também tem dois coelhos, um branco e outro marrom. Eles pulam... pulam, pulam na grama em frente à pequena escada que leva à casa de Kátia. Às vezes, Kátia, como outras crianças, também se comporta mal, principalmente quando está brigando com os irmãos. Ah, como Kátia pode ficar brava, bater, chutar e morder! Os irmãos têm respeito pela vigorosa irmã.

— Vai fazer compras, Kátia! — grita a mãe.

Kátia logo cobre seus ouvidos para que possa dizer mais tarde que não havia escutado a mãe chamá-la. Kátia não gosta de fazer compras. Mas para ela também não vale a pena mentir só para não ter de ir fazer compras; Kátia não mente, é possível ver isso em seus olhos azuis. Um dos irmãos de Kátia já tem 16 anos e é aprendiz. Às vezes, manda nas crianças como se fosse seu pai. Kátia também não se atreve a contradizer Pedro, porque ele é rude, e Kátia sabe por experiência própria que, se ela lhe obedecer, talvez ganhe algum doce. Kátia gosta de doces, assim como as outras irmãs.

Aos domingos, quando o sino toca *bim-bam, bim-bam*, a mãe de Kátia vai à igreja com todas as crianças. Então Kátia reza por seu querido pai, que está no céu, e também por sua mãe, para que ela viva por muito tempo. Depois da missa, eles saem para passear com a mãe. Kátia gosta em especial disso: andar pelo parque e, às vezes, ir até o Jardim Zoológico. Mas ainda faltam alguns meses para eles retornarem lá, pelo menos não irão até setembro, quando o ingresso volta a custar 25 centavos, ou quando for o aniversário de Kátia, que é quando ela pode pedir algo assim de presente. A mãe de Kátia não tem dinheiro para outros presentes.

Kátia sempre conforta a mãe, pois, à noite, cansada depois de ter trabalhado duro, ela às vezes chora, e Kátia lhe promete tudo aquilo que deseja para quando ela própria crescer. Ser grande seria encantador para Kátia, pois, assim, poderia ganhar dinheiro, comprar roupa bonita e distribuir doces às irmãs, assim como Pedro.

Mas antes que isso aconteça, Kátia ainda tem muito o que aprender e precisa frequentar a escola por um bom tempo. A mãe gostaria que ela fosse para o curso de administração do lar, mas não é algo de que Kátia goste. Ela não quer ser empregada de uma senhora; quer ser operária na fábrica, como as meninas que vê passarem todo dia. Ela não estará sozinha na fábrica e lá poderá bater um bom papo, algo que Kátia adora!

Na escola, às vezes, ela tem que ficar parada num canto porque mais uma vez não conseguiu manter a boca fechada; porém, fora isso, ela é de fato uma boa aluna. Kátia também sente um carinho muito especial pela professora, que costuma ser gentil e incrivelmente inteligente. "Vai ser difícil me tornar tão inteligente quanto ela!", pensa Kátia. "Mas um pouco menos já é o suficiente; mamãe sempre diz que, se eu ficar esperta demais, não vou conseguir um marido, e isso seria muito ruim."

Kátia adoraria ter bons filhos no futuro, porém, não filhos como seus irmãos. Os filhos de Kátia serão muito mais gentis e também muito mais bonitos; terão belos cachos castanhos e não cabelos louros demais, que não é nada bonito, e nem sequer terão sardas, porque Kátia tem muitas delas. Kátia também não quer ter tantos filhos quanto a mãe: dois ou três já bastam. Porém, ah, isso ainda vai demorar muito, pelo menos duas vezes mais do que seu tempo de vida.

— Kátia! — chama a mãe. — Venha aqui, menina malcriada! Onde você esteve? Já para cama! Tenho certeza de que você estava sonhando de novo!

Kátia suspira. Ela apenas estava fazendo planos bonitos para o futuro.

Sua Anne

Segunda-feira,
9 de agosto de 1943

Querida Kitty,

Desta vez, quero prosseguir descrevendo a programação diária da Casa dos Fundos. Depois do almoço é a sequência para o jantar.

O senhor Van Pels é quem abre o baile. Serve-se por primeiro, pega muito de tudo aquilo que lhe aprouver. Costuma entrar na conversa e sempre defende a própria opinião por não admitir que ela seja abalada. Porém, se alguém ousar contradizê-lo, ele não desiste. Ah... às vezes, ele guincha como um gato... melhor seria que não fizesse isso... Uma vez presenciado, nunca mais.

A opinião dele é a única correta; sabe tudo. Tudo bem, ele é um cara esperto, mas a complacência deste senhor atingiu um alto grau.

Quanto à dona, é melhor eu nem falar nada. Há dias, em especial quando enfarruscada, em que é preferível nem olhar na cara dela. Na verdade, a culpa por todas as discussões é dela. Mas não vem ao caso! Ah, não, todo mundo prefere ficar longe disso, mas se poderia chamá-la de instigadora... Azucrinar é o que ela faz de melhor! Azucrinar a senhora Frank e a Anne, mas não é tão fácil azucrinar a Margot e o senhor Frank.

Mas agora quanto à mesa: a dona não se serve de pouco, mesmo que às vezes ela pense isso. As menores batatas, o mais suculento petisco, o mais tenro e saboroso de todos; a boa escolha é o lema da dona. "Vai chegar a vez de outros, desde que antes eu tenha o melhor." (É exatamente o que ela pensa de Anne Frank.)

Falar é secundário; o principal é ter alguém ouvindo, sem parecer se importar se está interessado ou não. Ela com certeza quer dizer: "Todos estão interessados no que a senhora Van Pels tem a dizer."

Sorrisos de coqueteria, atuar como se soubesse qualquer assunto, dar pequenos conselhos e paparicar todos, o que deve transmitir uma boa impressão. Porém, quando se olha mais de perto, aquele verniz todo já saiu. Em primeiro lugar, diligente; em segundo lugar, alegre; em terceiro lugar, coquete e, às vezes, um rostinho bonito. Essa é Gusti van Pels.

Em relação ao terceiro hóspede de mesa, não se ouve muito dele. O jovem senhor Van Pels está quase sempre calado e mal aparece. Quanto ao apetite, é um tonel das Danaides: nunca está cheio; e, mesmo na refeição mais farta, ele afirma, displicente, que comeria o dobro.

Em quarto lugar, Margot. Ela come como um passarinho, não fala nada. A única coisa de que gosta é legumes ou frutas. Mimada, segundo o veredicto de Van Pels. Pouquíssimo ar fresco e esportes, na nossa opinião.

Ao lado dela, mamãe. Esta tem apetite saudável, conversa animada. Ao contrário da senhora Van Pels, ninguém acha que ela é a dona da casa. Qual a diferença? Ora, a dona cozinha e a mãe lava a louça e limpa.

Em sexto e sétimo: não vou falar muito sobre meu pai e eu. O primeiro é o mais comedido de todos à mesa. Sempre espera até que os outros já tenham se servido. Não precisa provar tudo; as melhores coisas são para as crianças. É aí que está o exemplo de bondade. Ao lado dele, o feixe de nervos da Casa dos Fundos.

Pfeffer: serve-se de algo, sem olhar; come, sem falar. E, se não é possível ficar sem falar, então, pelo amor de Deus, que seja só sobre a refeição. É algo que não leva a discussões, quando muito à gabolice. O prato dele tem montes enormes, e nunca se ouve um "Não" quando é algo bom, e, muitas vezes, nem mesmo quando é ruim.

Calça até o peito, jaqueta vermelha, chinelos pretos de verniz e óculos com aro de tartaruga. Ele sempre pode ser visto assim na escrivaninha, sempre trabalhando sem nunca avançar. Interrompido apenas por sestas, refeições e — seu lugar favorito — o banheiro. Três, quatro, cinco vezes por dia alguém se impacienta à frente da porta do banheiro, nervoso, salta de um pé para o outro e mal se aguenta. Por acaso ele se importa? De modo algum! Das 7h15 às sete e meia, do meio-dia e meia à uma, das duas às 14h15, das quatro às 16h15, das seis às 18h15 e das onze e meia à meia-noite... Pode-se anotar: esses são horário fixos de "assento" dele. Ele não dá a mínima para qualquer voz suplicante do lado de fora, alertando para uma catástrofe iminente.

O nono não é membro da Casa dos Fundos, mas uma vizinha da casa e da mesa. Bep tem um apetite saudável, gosta de tudo, não é mimada. Ela se satisfaz com qualquer coisa, o que nos contenta demais.

Alegre e disposta, solícita e bem-humorada, essas são suas características.

*Terça-feira,
10 de agosto de 1943*

Querida Kitty,

Nova ideia: ao comer, falo mais comigo mesma do que com os outros. São duas as vantagens: primeiro, todos ficam felizes quando não falo o tempo todo; e, segundo, não preciso me preocupar com a opinião alheia. Eu mesma não acho minhas opiniões bobas, mas os outros acham. Então é melhor guardá-las comigo. É exatamente assim que eu faço quando devo comer algo que acho repugnante: puxo o prato para mim, imagino que é algo muito apetitoso, olho o mínimo possível e, antes que perceba, já comi tudo.

Levantar da cama pela manhã é algo que também me parece muito desagradável, então eu pulo da cama e penso comigo mesma: "Você logo vai voltar a se deitar com conforto." Vou à janela, retiro os tampos de escurecimento e então, pela abertura, posso tomar um pouco de ar e já estou acordada. Desfaço a cama o mais rápido possível, para evitar a tentação de voltar a me deitar. Você sabe como minha mãe chama algo assim? Uma mestra da arte de viver. Uma expressão engraçada, não acha?

Estamos todos um pouco confusos sobre o tempo há uma semana, porque nosso querido sino de Westertoren, que é tão caro para nós, obviamente foi recolhido pela indústria e não sabemos exatamente que horas são, nem de dia nem à noite.

Ainda tenho um pouco de esperança de que eles inventem algo que lembre um pouco o relógio da vizinhança, talvez algo como um sino de estanho, cobre ou qualquer outra coisa.

Esteja eu no andar superior, no inferior ou em qualquer lugar, todos olham com admiração para os meus pés, por mostrarem um par de sapatos que são muito belos (para esta época). Miep conseguiu-os por 27,50 florins. Bordô, em camurça e couro, com salto bastante alto. Pareço andar em pernas de pau por estar muito mais alta do que já sou.

Tive um dia de azar ontem. Espetei meu polegar direito com a ponta de uma agulha grossa. Como resultado, Margot teve que descascar as batatas para mim (há males que vêm para o bem) e fiquei sem escrever direito.

Em seguida, bati com a cabeça na porta do armário e quase caí. Fui enxotada por fazer tanto barulho de novo; não consegui abrir a torneira para molhar a testa e agora estou com um galo enorme sobre o olho direito.

Para piorar as coisas, meu dedinho do pé direito ficou preso no aspirador de pó. Sangrou e doeu, mas eu estava tão envolvida com meus outros sofrimentos que esse ocasional não contou.

Isso foi estúpido, porque agora estou andando com um dedo doendo: mais pomada, mais bandagem, mais esparadrapo, e não consigo usar meus sapatos gloriosos.

Pfeffer mais uma vez nos colocou em perigo mortal. Na verdade, Miep lhe trouxe um livro proibido, uma diatribe contra Mussolini. No caminho, ela foi atropelada por uma motocicleta da SS. Ela perdeu o controle e gritou:

— Malditos bastardos!

E seguiu em frente. Não consigo nem pensar no que teria acontecido se ela fosse detida.

Sua Anne

*Sexta-feira,
10 de setembro de 1943*

Querida Kitty,

Toda vez que escrevo para você, algo incomum acontece, porém, na maioria das vezes, é mais desagradável do que agradável. Mas agora algo fantástico está acontecendo:

Quarta-feira, à noite, 8 de setembro, ligamos às sete horas o rádio para escutarmos as notícias, e a primeira coisa que ouvimos foi: "*Here follows the best news from whole the war: Itaty has capitulated.*" A Itália se rendeu incondicionalmente! Às 20h15, a *Rádio Oranje* começou: "Caros ouvintes, há uma hora e quinze minutos, quando eu estava terminando a crônica do dia, chegou a maravilhosa notícia da capitulação da Itália. Posso assegurar-lhes que nunca joguei um papel na lixeira com tanta alegria como hoje!"

Em seguida, *God Save the King*, o hino nacional norte-americano e a Internacional russa foram tocados. Como sempre, a Rádio Oranje estava confiante, mas não excessivamente otimista.

Os ingleses desembarcaram em Nápoles. O norte da Itália foi ocupado pelos alemães. Na sexta-feira, 3 de setembro, o armistício já havia sido assinado, exatamente no dia do desembarque inglês na Itália. Os alemães xingam e se manifestam em todos os jornais sobre a traição de Badoglio e do imperador italiano.

Mas também temos desgraça: trata-se do senhor Kleiman. Você sabe que todos nós gostamos muito dele, e, embora ele esteja sempre doente, com fortes dores e sem permissão para comer muito nem andar, encontra-se sempre alegre e admiravelmente corajoso.

— Quando o senhor Kleiman chegar, o sol vai nascer! — acabou de dizer mamãe, e ela tem razão.

Agora ele deve ir ao hospital para uma operação muito desagradável em seus intestinos e ficará lá por pelo menos quatro semanas. Você deveria ter visto como ele se despediu normalmente de nós, como se fosse fazer compras.

Sua Anne

*Quinta-feira,
16 de setembro de 1943*

Querida Kitty,

As relações aqui estão ficando cada vez mais difíceis. Pfeffer e Van Pels são grandes amigos até a próxima briga. Na mesa, ninguém se atreve a abrir a boca (a não ser para dar uma mordida), porque o que se diz é ou ressentido ou mal interpretado. O senhor Voskuijl às vezes vem nos visitar. É uma pena que ele não esteja bem. Ele também não facilita as coisas para sua família, porque está sempre pensando: "O que me importa? Vou morrer logo de qualquer maneira!" Posso imaginar o estado de espírito na casa dos Voskuijl quando penso em como todos aqui já estão irritadiços.

Tomo pílulas de valeriana todos os dias para ansiedade e depressão, mas isso não impede que meu humor piore no dia seguinte.

Gargalhar ajudaria mais do que dez pílulas de valeriana, mas quase nos esquecemos de como rir. Às vezes, tenho medo de que ser tão séria faça meu rosto ficar inexpressivo e os cantos da minha boca caírem. Os outros não se saem melhor; com ansiedade, todos aguardam a grande pedra chamada inverno.

Outra coisa que não nos anima é Van Maaren, funcionário do armazém, que está desconfiado da Casa dos Fundos. Qualquer um com um pouco de cérebro suspeitará quando Miep diz que vai ao laboratório, Bep ao arquivo, Kleiman ao depósito da Opekta, enquanto Kugler afirma que a Casa dos Fundos não pertence ao nosso prédio, mas ao prédio da vizinhança.

Poderíamos ignorar o que o senhor Van Maaren pensa da situação se o homem não fosse conhecido como pouco confiável e absolutamente curioso, de modo que não se deixa enganar tão facilmente.

Outro dia, Kugler quis ser cuidadoso demais. Ao meio-dia e meia, colocou o casaco e foi até a farmácia da esquina. Menos de cinco minutos depois, estava de volta, subiu de modo sorrateiro as escadas e veio até nós. Às 13h15, ele queria sair, mas na pequena antessala encontrou-se com Bep, que avisou que Van Maaren estava no escritório. Kugler se virou e permaneceu conosco até uma e meia. Em seguida, pegou os sapatos e andou só de meias (apesar de estar resfriado) até a porta da frente do sótão, desceu as escadas degrau a degrau e, depois de se equilibrar na escada por uns 15 minutos, para evitar qualquer rangido, ele entrou no escritório vindo do lado da rua. Bep, estando livre de Van Maaren, veio buscar o senhor Kugler, mas ele já havia ido embora e ainda estava de meias na escada.

O que as pessoas na rua devem ter pensado, ao verem o diretor calçando os sapatos lá fora?

— Ha-ha-ha, o diretor só de meias!

Sua Anne

*Quarta-feira,
29 de setembro de 1943*

Querida Kitty,

É aniversário da senhora Van Pels. Nós só lhe demos um pote de geleia, além de um cupom de queijo, carne e pão. Ela não ganhou do marido, de Pfeffer e do pessoal do escritório nada além de flores ou comida.

É o que acontece nestes tempos!

Bep quase teve meio colapso nervoso esta semana por receber ordens demais. Ela deveria fazer compras dez vezes por dia, sempre lhe diziam para se apressar, ou a mandavam ir de novo ou que ela tinha feito algo errado. E pensar que ela ainda tem que trabalhar no escritório, Kleiman está doente e Miep está em casa com um resfriado, e ela própria está com um tornozelo torcido, sofrendo de amor e tem um pai chato em casa... Você pode de fato imaginar como ela está desolada. Nós a confortamos e dissemos que, se ela respondesse algumas vezes que não tinha tempo, as listas de compras certamente ficariam menores por si mesmas.

No sábado, aconteceu aqui um drama que lançou sombras em tudo aquilo que havia em termos de intensidade. Começou com Van Maaren e terminou em uma discussão geral, com choro.

Pfeffer reclamou com minha mãe que estava sendo tratado como um marginal, que nenhum de nós era amistoso com ele, que não tinha feito nada contra nós e uma sequência de falas melosas, em que desta vez por sorte mamãe não caiu. Ela lhe disse que ele havia decepcionado a todos e nos causado problemas mais de uma vez. Pfeffer prometeu céu e terra, o que, como sempre, não se concretizou.

As coisas estão dando errado com a Van Pels, e eu já posso ver! O pai está zangado porque eles nos enganam; eles escondem a carne e outras coisas para si mesmos. Ai, que confusão estamos enfrentando! Se eu não estivesse tão envolvida em todas as escaramuças, eu poderia simplesmente ir embora. Eles vão nos enlouquecer!

Sua Anne

Domingo,
17 de outubro de 1943

Querida Kitty,

Por sorte Kleiman está de volta! Ele ainda está um pouco pálido, mas de bom humor para vender roupas para os Van Pels.

É ruim que o dinheiro de Van Pels tenha acabado completamente; ele perdeu seus últimos cem florins no armazém, o que também nos causou problemas. Como é que cem florins podem ter sido deixados no armazém em uma segunda-feira de manhã? Há muitos motivos para desconfiar. De qualquer forma, os cem florins foram roubados. Quem é o ladrão?

Mas estava falando sobre a falta de dinheiro. A dona não quer desistir de sua pilha de casacos, vestidos e sapatos; o terno do senhor é difícil de vender, a bicicleta de Peter voltou do pregão, pois ninguém queria. Mas a história não acaba aí. A dona deverá se desapegar do casaco de pele. Em seu ponto de vista, é a empresa que tem que nos manter, um despropósito. É por isso que eles tiveram uma grande briga lá em cima e agora estão na fase de reconciliação com:

— Ó, meu querido Putti!

— Minha doce Kerli!

Estou tonta com os palavrões que estão zumbindo nesta respeitável casa nas últimas quatro semanas. Papai anda com os lábios apertados. Quando alguém o chama, ele olha para cima de tão nervoso, porque tem medo de precisar resolver outro assunto delicado. Mamãe tem manchas vermelhas nas bochechas de tanta exaltação, Margot reclama de dor de cabeça, Pfeffer sofre de insônia, a dona choraminga o dia todo e eu estou completamente desorientada. Para ser honesta, às vezes esqueço com quem brigamos e com quem fizemos as pazes.

A única distração é estudar, e isso eu faço muito.

Sua Anne

Sexta-feira,
29 de outubro de 1943

Querida Kitty,

O senhor Kleiman está novamente ausente, seu estômago não o deixa em paz. Ele nem sabe se o sangramento parou. Pela primeira vez, estava de fato deprimido, pois nos disse que não estava se sentindo bem e foi para casa.

Aqui novamente houve brigas violentas entre o senhor e a senhora Van Pels. Aconteceu assim: eles estão falidos. Queriam vender um sobretudo e um terno do senhor, mas ninguém quis. Ele pediu um preço muito alto.

Outro dia, faz um tempo, Kleiman havia mencionado sobre um amigo peleteiro; e isso deu ao senhor Van Pels a ideia de vender o casaco de pele da dona. O casaco é de pele de coelho e foi usado por ela por 17 anos. A dona recebeu 325 florins por ele. Um valor enorme. Ela queria guardar o dinheiro para comprar roupas novas depois da guerra, e foi preciso muito esforço até que o senhor esclarecesse que o dinheiro era necessário para as despesas urgentes da casa.

Você mal pode imaginar os gritos, rugidos, chutes e insultos. Foi aterrorizante. Minha família estava ao pé da escada, resfolegando, pronta para separar os combatentes se necessário.

Todas essas reclamações, lamúrias e o clima nervoso são tão tensos e exaustivos que caio na cama chorando e agradeço aos céus por ter meia hora para mim.

Eu mesma estou bem, exceto que não tenho absolutamente nenhum apetite. Sempre ouço:

— Mas você não parece bem!

Tenho que admitir que eles de fato se esforçam para me manter saudável. Preciso engolir glicose, óleo de fígado de bacalhau, pastilhas de levedo e cálcio. Estou longe de ter sempre meus nervos sob controle e, sobretudo aos domingos, me sinto muito mal. Nesses dias, o clima na casa é deprimente, soporífero e pesado. Lá fora, não se ouve um pássaro cantando; um silêncio sinistro e opressivo paira sobre tudo, e esse peso se agarra a mim como se quisesse me puxar para um abismo profundo. Meu pai, minha mãe e Margot às vezes me são indiferentes. Perambulo de um quarto para outro, de baixo para cima, e me sinto como um pássaro canoro cujas asas foram arrancadas e que, em completa confusão, ricocheteia nas grades de sua estreita gaiola.

"Sair, ar e rir", grita dentro de mim.

Muitas vezes, nem respondo; deito no sofá e durmo para encurtar o tempo, o silêncio e o medo terrível, porque não consigo afastá-los.

Sua Anne

*Quarta-feira,
3 de novembro de 1943*

Querida Kitty,

A fim de nos proporcionar alguma distração e educação, papai solicitou um prospecto do instituto de ensino à distância LOI. Margot folheou o espesso documento pelo menos três vezes e não encontrou nada que quisesse e pudesse pagar. Papai foi mais rápido em fazer alguma coisa e preferiu escrever para o instituto e pedir uma aula experimental de "latim elementar". Dito e feito. Veio a aula. Margot começou a trabalhar com entusiasmo, e o curso, por mais caro que fosse, foi aprovado. É muito difícil para mim, embora eu realmente gostasse de aprender latim.

Para que eu também possa começar algo novo, papai pediu a Kleiman que pegasse uma Bíblia infantil para que eu pudesse por fim conhecer o Novo Testamento.

— Você quer dar uma Bíblia para Anne no Chanucá? — perguntou Margot, um pouco surpresa.

— Sim... ah, prefiro que seja um presente de são Nicolau — respondeu o pai.

Jesus e Chanucá de fato não combinam.

Como o aspirador de pó está quebrado, tenho que esfregar todas as noites o carpete com uma escova velha. A janela fechada, a luz acesa, o aquecedor funcionando e depois limpar o chão com uma escova de mão. "Isso não vai dar certo", pensei comigo mesma, logo na primeira vez. Não há dúvidas de que haverá reclamações, e sim, mamãe ficou com dor de cabeça por causa da densa nuvem de poeira que rodopiava por tanto tempo pelo quarto, o novo dicionário de latim de Margot estava cheio de sujeira, e Pim murmurou com franqueza que a aparência do chão não tinha mudado nem um pouco. A ingratidão é a recompensa do mundo, esse é o ditado.

O último acordo na Casa dos Fundos é que o aquecedor será ligado às sete e meia aos domingos, como de costume, em vez de às cinco e meia. Acho isso uma coisa perigosa. O que os vizinhos vão pensar da nossa chaminé enfumaçada?

O mesmo com as cortinas. Elas sempre ficaram fechadas desde o início, mas às vezes um dos senhores ou senhoras tem um impulso e "precisa" olhar para fora por um instante. Como consequência: uma tempestade de acusações. Como resposta: "Ninguém nos vê." É aí que todo descuido começa e termina. "Ninguém vê isso, ninguém ouve aquilo, ninguém presta atenção naquele outro", é fácil de dizer, mas será verdade mesmo? No momento, as tempestades voltaram a se acalmar, apenas Pfeffer tem brigado com Van Pels. Quando ele fala da dona, não se ouve nada além de "a vaca estúpida" ou "perua estúpida", e vice-versa, a dona chama o acadêmico infalível de "velha solteirona", "mimosa, eterna ressentida" etc. etc.

Quem tem telhado de vidro não atira pedra na casa do vizinho!

Sua Anne

*Segunda-feira à noite,
8 de novembro de 1943*

Querida Kitty,

Se você ler minha pequena pilha de cartas uma após a outra, sem dúvida notará os diferentes estados de espírito em que foram escritas. Também acho desagradável sofrer de mudanças de humor tão severas aqui na Casa dos Fundos, mas não sou só eu, somos todos nós. Quando estou lendo um livro que me impressiona, tenho que me organizar bem antes de me misturar com os outros, caso contrário, pensariam que não estou batendo bem. No momento, como você pode ver, estou em uma fase depressiva.

Eu de fato não saberia dizer por que isso acontece, mas acho que é minha covardia que continua me afetando.

Hoje à noite, quando Bep ainda estava aqui, a campainha soou por muito tempo, alto e penetrante. Naquele momento, fiquei pálida, tive dor de estômago e palpitações, e tudo por causa da ansiedade!

À noite, antes de dormir, me vejo em uma masmorra, sozinha, sem pai nem mãe. Ou às vezes, perambulo pelas ruas, ou nossa Casa dos Fundos está incendiando, ou eles vêm à noite nos capturar, e, desesperada, eu me deito debaixo da minha cama. Vejo tudo à minha frente como se estivesse vivenciando na própria pele, e, ademais, ainda tenho a sensação de que tudo isso pode realmente acontecer comigo!

Miep costuma dizer que nos inveja porque aqui temos paz e sossego. Isso pode ser verdade, mas ela sem dúvida não leva em conta o nosso medo.

Não consigo imaginar o mundo voltando ao normal para nós. Eu digo "depois da guerra", mas isso é como falar sobre uma quimera, algo que nunca pode se tornar realidade.

Eu me lembro da Merry, das amigas, da escola, da diversão, tudo isso como algo vivido por outra pessoa. Vejo nós oito, juntos na Casa dos Fundos, como se fôssemos um pedaço de céu azul, cercado por nuvens turvas de chuva. O círculo estrito em que estamos ainda é seguro, mas as nuvens estão se aproximando cada vez mais de nós, e o anel que nos separa do perigo que se aproxima está cada vez mais apertado.

Agora estamos tão cercados de perigo e escuridão que nos abalamos na busca desesperada pela salvação. Todos nós olhamos para baixo, onde as pessoas lutam entre si, todos nós olhamos para cima, onde é calmo e bonito, e, enquanto isso, somos divididos por essa massa sombria que não nos deixa levantar ou descer, mas fica à frente como um muro impenetrável que quer nos esmagar, mas ainda não pode.

Tudo o que posso fazer é gritar e implorar:

— Ah, círculo, círculo, se amplie e se abra para nós!

Sua Anne

*Quinta-feira,
11 de novembro de 1943*

Querida Kitty,

Tenho apenas um bom título para este capítulo:

ODE À MINHA CANETA-TINTEIRO
In memoriam
da *Schola Latina* de Margot

Minha caneta-tinteiro sempre foi um bem precioso para mim. Eu a tinha em alta estima, especialmente por causa de sua ponta grossa, porque só consigo escrever bem com caneta de ponta grossa. Minha caneta-tinteiro teve uma vida útil muito longa e interessante, sobre a qual gostaria de relatar brevemente:

Quando eu tinha nove anos, minha caneta-tinteiro veio em um pacotinho (embrulhado em algodão) como uma "amostra sem valor" da distante Aachen, onde minha avó morava, essa boa caridosa. Eu estava de cama com gripe, e o vento de fevereiro uivava pela casa. A gloriosa caneta-tinteiro estava em um estojo de couro vermelho, e no primeiro dia foi mostrada a todos os meus amigos. Eu, Anne Frank, como a orgulhosa proprietária de uma caneta-tinteiro.

Quando eu tinha dez anos, a caneta-tinteiro foi autorizada a ir para a escola e a professora de fato me permitiu escrever com ela.

No entanto, quando eu tinha 11 anos, tive que guardar meu tesouro outra vez, porque a professora da sexta série só permitia canetas escolares e tinteiros como material de escrita.

Quando fiz 12 anos e fui para o colégio judaico, minha caneta-tinteiro ganhou à sua maior honra um novo estojo, em que também cabia um lápis, e que também parecia muito mais real porque tinha um zíper.

Quando eu tinha 13 anos, a caneta-tinteiro veio para a Casa dos Fundos, onde correu comigo através de muitos diários e cadernos.

Quando eu tinha 14 anos, foi o último ano que minha caneta-tinteiro completou comigo, e *agora*...

Já passava das cinco da tarde de sexta-feira, quando saí do meu quarto e quis me sentar à mesa para escrever, mas fui rudemente enxotada e precisei dar lugar a Margot e meu pai, que estavam praticando seu "latim". A caneta-tinteiro estava sem uso sobre a mesa, e sua dona suspirou, contentou-se com um lugar muito pequeno da mesa e começou a polir feijão. Polir feijões aqui significa limpar o mofo dos feijões pretos deixando-os num estado adequado. Às 17h45, varri o chão e joguei a sujeira em um jornal e no aquecedor junto com os feijões podres. Uma chama poderosa irrompeu, e achei ótimo como o aquecedor, que estava nas últimas, reergueu as labaredas.

O silêncio voltou, os "latinos" partiram, e eu me sentei à mesa para começar o meu plano de escrita, mas minha caneta-tinteiro não estava em lugar nenhum, não importava onde eu procurasse.

Procurei de novo, Margot procurou, a mãe procurou, o pai procurou, Pfeffer procurou, mas a coisa tinha desaparecido sem deixar rastro.

— Talvez tenha caído no aquecedor junto com o feijão — disse Margot.

— Que nada, menina! — respondi.

No entanto, como à noite minha caneta-tinteiro ainda não havia aparecido, todos nós aceitamos que ela havia sido queimada, sobretudo porque o celuloide queima muito bem. E realmente, a triste suspeita se confirmou quando, na manhã seguinte, enquanto limpava o aquecedor, papai encontrou o prendedor que se usa para fixar a caneta-tinteiro no meio de um monte de cinzas.

Nada foi encontrado da áurea caneta.

— Deve ter derretido em cima de alguma pedra — disse o pai.

Ainda tenho um consolo — embora fraco —, minha caneta-tinteiro foi cremada, que é o que eu gostaria de ser mais tarde!

Jaz o prendedor;
a pena é perdida:
consolo ao horror,
foi minha guarida.

Sua Anne

*Quarta-feira,
17 de novembro de 1943*

Querida Kitty,

Houve acontecimentos espantosos. Bep está em casa, sofrendo de difteria e, por isso, não pode ter nenhum contato conosco por seis semanas. É algo que dificulta tanto os alimentos quanto fazer compras, sem falar no quanto é chato sem ela. Kleiman ainda está acamado e há três semanas não ingere nada além de leite e papinha de aveia.

Kugler tem muito o que fazer. Por sorte, a empresa tem 2.500 quilos de pimenta para moer. As multas que tivemos que pagar à fiscalização de preços no ano passado somaram tanto que a Gies & Co. oficialmente nem deveria ter esse valor no caixa.

As aulas de latim enviadas para Margot voltam com correções feitas por um professor. Margot subscreve o nome de Bep. O professor, um certo A.C. Nielson, é muito gentil e engraçado. Tenho certeza de que ele está feliz por ter uma aluna tão brilhante.

Pfeffer está completamente consternado, nenhum de nós sabe o porquê. Começou com o fato de que ele franziu os lábios superiores e não dirigiu mais uma palavra para o senhor ou a senhora Van Pels. Todos perceberam isso e, como durou alguns dias, minha mãe aproveitou para avisá-lo que a dona poderia lhe causar muito incômodos por causa disso. Pfeffer afirmou que o senhor Van Pels foi quem primeiro parou de falar com ele e, por isso, não tinha a menor intenção de quebrar seu silêncio.

Agora você deve saber que ontem foi 16 de novembro, há um ano ele vive na Casa dos Fundos. Para a ocasião, ele homenageou minha mãe com um vaso de flores, mas a senhora Van Pels, que havia aludido a essa data várias vezes nas semanas anteriores e não deixou de expressar sua opinião de que Pfeffer nos devia algo, não recebeu nada.

Em vez de agradecer primeiro pelo acolhimento altruísta, ele não disse nada. E, quando lhe perguntei, na manhã do dia 16, se devia parabenizá-lo ou lhe oferecer condolências, ele respondeu que aceitaria qualquer coisa.

A mãe, querendo desempenhar o glamoroso papel de pacificadora, não levou aquilo adiante e, por fim, a situação permaneceu a mesma.

Não é exagero dizer que falta um parafuso na cabeça de Pfeffer. Costumamos brincar em segredo que ele não tem memória, opinião ou juízo, e às vezes rimos quando ele repete de modo errado as notícias que acabamos de ouvir e confunde tudo.

Além disso, a cada reprovação e acusação, ele faz muitas promessas bonitas, nenhuma das quais ele realmente cumpre.

"O homem tem um grande espírito, mas em ações é tão pequeno!"

Sua Anne

*Sábado,
27 de novembro de 1943*

Querida Kitty,

    Ontem à noite, antes de adormecer, Hanneli de repente me veio à mente. Eu a vi vestida em trapos, seu rosto cavo e lívido. Seus olhos eram muito grandes, e ela me olhou com tanta tristeza e reprovação que pude ler em seus olhos: "Ai, Anne, por que você me deixou? Socorro, ah, me ajude, me salve deste inferno!"

    E não posso ajudá-la, só posso ver outras pessoas sofrerem e morrerem e então tenho que ficar de braços cruzados e orar para que Deus a traga de volta para nós. Vi Hanneli em particular, mais ninguém, e entendi. Eu a julguei mal; era criança demais para entender suas dificuldades. Ela era muito apegada à amiga e parecia que eu queria separar as duas. Como a coitada deve ter se sentido! Sei disso, eu mesma conheço o sentimento tão bem!

    Às vezes, eu vislumbrava sua vida apenas para de modo egoísta ser atraída de volta aos meus próprios prazeres e dificuldades.

    De minha parte, foi horrível a maneira como eu a tratei, e agora ela me olhava com um rosto pálido e um olhar suplicante, ah, tão impotente. Se eu pudesse ajudá-la!

    Ah, Deus, tenho tudo que poderia querer aqui, e ela foi capturada pelo destino cruel! Ela costumava ter tanta fé quanto eu. Ela também queria o bem. Então, por que eu fui escolhida para viver, e ela, talvez morrer? Que diferença havia entre nós? Por que estamos tão distantes agora?

    Para ser honesta, me esqueci dela por meses, quase um ano. Não completamente, mas nunca a vi assim tão miserável.

    Ah, Hanneli, espero que, se você viver para ver o fim da guerra e voltar para nós, eu possa recebê-la para compensar o que lhe causei! Porém, quando eu puder outra vez ajudá-la, ela não precisará tanto da minha ajuda quanto precisa agora. Será que às vezes ela ainda pensa em mim? E com que sentimentos?

Querido Deus, dá-lhe amparo, para que pelo menos ela não esteja sozinha. Ah, se você pudesse dizer a ela que eu penso nela com amor e compaixão, talvez isso poderia dar-lhe força para suportar!

Não posso continuar a pensar mais nisso, porque não sei o que fazer. Continuo vendo seus olhos grandes, que não me deixam ir. Será que Hanneli de fato tem fé dentro dela? Ou será apenas que não tem a fé que lhe foi imposta de fora?

Nem isso sei, nunca me preocupei em perguntar a ela.

Hanneli, Hanneli, se eu pudesse lhe tirar de onde você está agora, gostaria de compartilhar com você tudo que tenho de bom!

É tarde demais, não posso ajudar e não posso compensar o que fiz de errado. Contudo, nunca a esquecerei e sempre orarei por ela!

Sua Anne

*Segunda-feira,
6 de dezembro de 1943*

Querida Kitty,

À medida que o Dia de São Nicolau se aproxima, não pudemos deixar de pensar na cesta belamente decorada do ano passado, e eu, em particular, não gostaria de deixar um pouco daquilo escapar este ano. Pensei por um longo tempo até que tive uma ideia, algo hilário.

Falei com Pim e há uma semana começamos a escrever um poema para nós oito.

Domingo à noite, aparecemos no andar superior às 20h15, entre nós o grande cesto de roupas, decorado com pequenas figuras e laços feitos de papel carbono rosa e azul. Uma grande folha de papel de embrulho marrom envolvia a cesta, onde estava fixado um bilhete. Os hóspedes do andar superior ficaram um pouco maravilhados com a dimensão da surpresa.

Peguei o bilhete do papel de embrulho e li:

PRÓLOGO
São Nicolau este ano deve vir também.
Até a Casa dos Fundos sabe que ele vem.
É triste que não vamos celebrar agora
como essa festa anual sempre se comemora.
Naquele tempo, nós tínhamos esperança;
pensávamos ser bom manter a confiança
de que este ano estaríamos em liberdade
pra poder celebrar essa festividade.
É uma data que nós queremos celebrar,
embora não tenhamos nada para dar.
Assim nós preparamos algo inusitado:
(Papai e eu descobrimos a cesta)
Todos podem olhar para os próprios calçados!

Seguiram-se risadas, quando cada um tirou seu respectivo sapato da cesta. Em cada sapato coloquei um pequeno embrulho com o endereço do proprietário do sapato. Não vou copiar todo o poema, porque isso ficaria um pouco chato. Mas alguns versos eram tão bons que você provavelmente iria gostar deles também.

À SENHORITA A.M. FRANK
Durante à noite, quando um avião sobrevoa,
não é algo que incomode a qualquer pessoa,
a não ser Anne, que, como se sabe, enfim,
no âmbito familiar é o nosso benjamim,
Um tiro de canhão, o estampido e a rajada
fazem Anne ficar bastante desnorteada.
O antídoto não é óleo de bacalhau,
mas valeriana, que lhe traz são Nicolau;
pois, como a provisão está quase no fundo,
ele veio supri-la na Casa dos Fundos.
(O presente era uma pílula de valeriana)

À SENHORA E. FRANK
Tempos de estranheza,
ceia escassa à mesa:
maçãs, nectarinas,
já sem vitaminas...
Apruma a mandíbula
à ceia crudívora!
Com vigor, se masca
batata com casca.
Vai tigela adentro
rabanete e coentro...
Como são Nicolau pensara que agradasse,
ele lhe presenteou com salada de alface.

AO SENHOR P.A. VAN PELS
Quem tem mantido sempre limpo o sótão?
Os deveres de Peter não se esgotam.
Quem traz carvão, batatas e cebolas?
Quem anda por aí gastando as solas?
Quem garante que os gatos têm comida?
Peter lhes traz ração por toda a vida.
Quem limpa as cinzas? E quem busca lenha?
Quem põe de molho a massa? Quem se empenha
nos afazeres? Piet fez bem mais!
Como a satisfação que tanto traz,
são Nicolau lhe trouxe, com afeição,
uns cupons extras de alimentação.

À SENHORA G. VAN PELS
Eu quero tricotar; a lã, no entanto,
não dá uma blusa, nem sequer um manto.
E mesmo antes de abrir meu agulheiro,
tenho que achar algum padrão primeiro.
Vou rápido; porém, como é fatal
notar que é insuficiente o material!
E de uma peça assim me desvencilho,
recomeçando um gorro pra o meu filho.
Quero tingir o gorro de manhã
Em Palthe, pra que não se esgarce a lã!

Antes de trabalhar, dona, talvez
devesse ver o que Nicolau fez:
já lhe trouxe um trabalho quase pronto,
onde inventou outro padrão de ponto!

Eu lhe havia tricotado uma peça, na qual entremeei fósforos.

Quarta-feira,
22 de dezembro de 1943

Querida Kitty,

Uma gripe forte me impediu de escrever para você hoje mais cedo. É terrível estar doente aqui. Quando precisava, eu me enfiava debaixo das cobertas para tossir uma, duas, três vezes, e tentava acalmar minha garganta o mais suavemente possível, o que em geral causava uma irritação na garganta sem cessar, e eu precisava de leite com mel, açúcar ou pastilhas. Pensar nos regimes pelos quais tive que passar me deixa zonza: sudorese, compressas, compressas molhadas no peito, compressas secas no peito, bebidas quentes, gargarejos, ficar deitada, almofadas térmicas, bolsas de água quente, água com limão e, além disso, termômetro para medir a febre a cada hora. Como se pode de fato melhorar assim? Mas achei pior quando o senhor Pfeffer, se fazendo de médico, colocou a cabeça, untada de brilhantina, no meu peito nu para ouvir os sons dentro. Não só o cabelo dele me fez cócegas, como fiquei envergonhada, embora ele tenha estudado trinta anos atrás e tenha doutorado. Por que o sujeito tem que deitar a cabeça no meu coração? Ele não é meu namorado! E, de qualquer forma, o que é saudável ou não lá dentro, ele não vai ouvir mesmo; tem que lavar primeiro os ouvidos, porque costuma dar a impressão medonha de ser surdo.

Mas chega da doença. Estou alegre de novo; um centímetro mais alta, um quilo mais pesada, pálida e ansiosa por aprender.

Não há muitas novidades para contar. Bep ainda está separada de nós. Para o Natal, receberemos óleo, doces e melado extra. Meu presente foi um broche feito com uma moeda de dois centavos e meio, e ficou muito brilhante. Em suma, é impossível descrever o quanto ficou bonito.

O tempo está fechado, o acendedor fede, a comida pesa no estômago de todos, o que provoca estrondos por todos os lados; a guerra deu uma trégua; o ânimo está péssimo.

Sua Anne

*Sexta-feira,
24 de dezembro de 1943*

Querida Kitty,

Já lhe disse muitas vezes que aqui todos temos com frequência mudanças de humor, e acredito que esse problema vem aumentando em mim, sobretudo nos últimos tempos. "Extasiado até o céu,/ entristecido até a morte."[4]

Fico *em êxtase* quando penso que estamos bem aqui, quando me comparo com outras crianças judias, e fiquei *triste até a morte*, por exemplo, quando a senhora Kleiman esteve aqui e comentou sobre o clube de hóquei de Jopie, seus passeios de canoa, espetáculos teatrais e chá da tarde com amigos. Não acho que estou com inveja da Jopie, mas quero tanto poder me divertir e rir até minha barriga doer. Sobretudo agora no inverno, com os dias de férias de Natal e Ano-Novo, vivemos aqui como párias. E, ainda assim, não tenho permissão para escrever essas palavras, porque então pareço ingrata, mas não importa o que as pessoas possam pensar, eu não posso guardar tudo para mim, então repito minhas palavras iniciais: "O papel é paciente."

Se alguém chega de fora, com o vento nas roupas e o frio no rosto, gostaria de enfiar a cabeça debaixo das cobertas para não pensar: "Quando poderemos sentir o cheiro do ar novamente?" E como eu não posso esconder a cabeça debaixo dos cobertores, mas, pelo contrário, devo mantê-la erguida com coragem, os pensamentos me vêm, não apenas uma vez, mas muitas, inúmeras vezes.

Acredite em mim, quando você está preso por um ano e meio, há dias que podem ser opressivos. Mesmo que não seja justificado ou que seja ingrato, os sentimentos não podem ser afastados. Andar de bicicleta, dançar, assobiar, olhar para o mundo, sentir-me jovem, saber que

---

4 *"Himmelhoch jauchzend,/ Zum Tode betrübt"*, famosos versos da "Canção de Clara", presente na tragédia Egmont de Goethe. (N.T.)

sou livre, é isso que desejo, mas não posso demonstrar, porque imagine se estivéssemos todos os oito reclamando ou insatisfeitos, fazendo caretas, aonde isso levaria?

Sua Anne

Domingo,
2 de janeiro de 1944

Querida Kitty,

Como não tinha nada para fazer esta manhã, folheei meu diário e várias vezes me deparei com cartas que tratavam do assunto "mãe" em termos tão veementes que levei um susto e me perguntei: "Anne, era você mesma falando sobre ódio? Ah, Anne, como você pôde?" Sentei-me ali, mantendo a página aberta com a mão, a refletir em como eu exultava de ódio, de fato com muito ódio, e por isso tive de desabafar tudo isso com você. Tentei entender e pedir desculpas à Anne de um ano atrás, mas minha consciência não está limpa, deixando essas acusações com você sem lhe explicar como cheguei a elas. Sofro e sofria de oscilações de humor que (figurativamente falando) me afundavam a cabeça debaixo d'água, de modo que só via as coisas como eram subjetivamente, sem tentar pensar com calma nas palavras do outro lado, para depois, com entendimento, agir por aquele a quem ofendi ou magoei com meu pavio curto.

Arrastei-me para dentro de mim, vi apenas a mim mesma e registrei todas as alegrias, todas as zombarias e todas as tristezas imperturbáveis no meu diário. Este diário é valioso para mim, porque muitas vezes se tornou um livro de memórias, embora eu pudesse escrever "já passou" em muitas páginas.

Eu estava zangada com mamãe (ainda estou muitas vezes!), ela não me entendia, é verdade, mas eu também não a entendia. Como ela ainda me amava, sendo gentil comigo, mas como eu também a envolvia em muitas situações embaraçosas, de modo que ela estava nervosa e irritada por causa desta e de muitas outras circunstâncias infelizes, é bem compreensível que ela tenha brigado comigo. Levei isso muito a sério. Fiquei ofendida, fui rude e malcriada com ela, o que lhe causou um novo sofrimento. Foi realmente um vai e vem de miséria e tristeza. Sem dúvida, não foi agradável para nenhuma de nós, mas vai passar.

Também é compreensível que eu não quisesse perceber isso e tenha sentido uma grande autocomiseração.

As frases muito violentas são apenas expressões de raiva que, na vida normal, eu poderia ter compensado batendo o pé atrás de uma porta fechada, ou com insultos pelas costas de minha mãe.

Já se foram os dias de julgar mamãe com lágrimas. Fiquei mais esperta, e os nervos de mamãe se acalmaram um pouco. Costumo ficar de boca fechada quando estou chateada, e ela faz o mesmo, o que é aparentemente muito melhor.

Porque não posso amar minha mãe com o amor afetuoso de uma criança.

Eu agora apenas tranquilizo minha consciência pensando que é preferível descarregar os insultos no papel, porque aí minha mãe não precisará carregá-los em seu coração.

Sua Anne

Quinta-feira,
6 de janeiro de 1944

Querida Kitty,

Minha necessidade de falar com alguém tornou-se tão grande que me ocorreu escolher Peter. Às vezes, quando eu estava lá em cima no quartinho dele, à luz do dia, sempre me sentia muito confortável, mas como Peter é tão humilde e nunca expulsa ninguém que seja visitante indesejado, nunca mais ousei ficar, porque eu temia que pudesse aborrecê-lo. Eu estava procurando uma oportunidade de permanecer discreta em seu quarto e conversar com ele, e essa oportunidade se apresentou ontem. Peter recentemente se tornou obcecado por palavras cruzadas e não faz nada além de resolvê-las. Ajudei-o e logo estávamos sentados frente a frente à sua mesinha, ele na cadeira, eu no sofá.

Foi muito estranho quando olhei em seus olhos azuis-escuros e vi como ele estava envergonhado pela visitante incomum. Eu gostaria de ter lhe perguntado:

— Poderia me contar algo sobre você? Ignore a estranha falação.

Descobri, no entanto, que essas perguntas são mais fáceis de formular na cabeça do que de fato emitir.

Naquela noite, na cama, achei toda a situação nada animadora, e a ideia de ter que implorar o favor de Peter me era simplesmente repulsiva. Mas é possível fazer muito para satisfazer as necessidades, como é o meu caso, porque decidi me sentar com Peter com mais frequência e de alguma forma fazê-lo falar.

Só não pense que estou apaixonada por Peter, sem dúvida que não! Se os Van Pels tivessem uma filha em vez de um filho, eu também gostaria de ser amiga dela.

Esta manhã, acordei cerca de cinco minutos para as sete e logo soube exatamente o que havia sonhado. Eu estava sentada em uma cadeira e à minha frente estava Peter... Schiff. Estávamos folheando um livro com desenhos de Mary Bos, que eram sempre desenhados em uma página só, e à outra havia vários exemplos. Meu sonho era tão nítido que ainda me lembro parcialmente dos desenhos. Mas isso não foi tudo; o sonho continuou. De súbito, nossos olhos se encontraram, e eu olhei para os lindos olhos castanhos aveludados de Peter por um longo tempo. Então ele disse bem baixinho:

— Se eu soubesse disso, viria até você mais cedo!

Eu me virei de pronto, porque estava muito emocionada. E então senti uma bochecha macia, oh, tão fresca e terna contra a minha, e tudo ficou tão bom, tão bom...

Nesse ponto, acordei ainda sentindo sua bochecha contra a minha e seus olhos castanhos olhando no profundo de meu coração, profundo o suficiente para ele ler o quanto eu o amei e ainda o amava. As lágrimas voltaram a encher meus olhos, e fiquei bastante triste por tê-lo perdido de novo, mas também feliz, porque eu estava mais uma vez certa de que Peter ainda é o meu escolhido.

É estranho que muitas vezes em diversos sonhos eu tenha imagens tão nítidas. Primeiro, certa noite, vi a minha avó tão claramente à minha frente que sua pele era como veludo grosso, macio e enrugado. Então a vovó me apareceu como um anjo da guarda, depois Hanneli, que também me parece ser um símbolo da calamidade de todos os meus amigos e de todos os judeus. Então, quando rezo por ela, rezo por todos os judeus e pobres juntos. E agora Peter, meu querido Peter, não preciso ter uma fotografia dele, porque posso vê-lo assim à minha frente.

*Sexta-feira,
7 de janeiro de 1944*

Querida Kitty,

Como sou tola! Não havia me ocorrido que nunca lhe contei a história do meu grande amor. Quando eu era muito jovem, ainda no jardim de infância, desenvolvi uma grande afeição por Sally Kimel. Ele não tinha mais pai e morava com a mãe e com uma tia. Um primo de Sally, Appy, era um menino bonito, esbelto e de cabelos escuros que mais tarde se tornou um galã de cinema e sempre despertou mais admiração do que Sally, um gordinho engraçado. Passamos muito tempo na companhia um do outro, mas meu amor não foi correspondido, até que conheci Peter e me apaixonei perdidamente, um amor ingênuo. Ele também gostava de mim, e, por um verão, fomos inseparáveis. Ainda posso nos ver andando de mãos dadas pela Zuider Amstellaan, ele de terno branco de algodão, eu de vestido curto de verão. Depois das longas férias, ele foi para a escola secundária, e eu para a 6.ª série do ensino fundamental. Ele ia me apanhar na escola e eu ia me encontrar com ele. Peter era uma pintura de menino, alto, bonito, esbelto, com um rosto sério, calmo e inteligente. Ele tinha cabelos escuros e lindos olhos castanhos, bochechas coradas e um nariz fino. Gostei em especial de seu sorriso, pois parecia muito ousado e travesso.

Eu não estava na cidade nas férias e, quando voltei, não consegui encontrar Peter em seu antigo endereço. Ele havia se mudado e estava morando com um menino muito mais velho, que, ao que parece, fez com que Peter me visse como infantil, e ele então me largou. Eu o amava tanto que não queria admitir e me agarrei a ele até o dia em que percebi que, se continuasse correndo atrás dele, todos pensariam que eu sou obcecada por garotos.

Passaram-se os anos, e Peter se aproximava de garotas da sua idade e nem se preocupava em me cumprimentar.

Fui para o colégio judaico. Muitos meninos da nossa turma se apaixonaram por mim. Gostei e me senti lisonjeada, mas isso não me afetou mais. Um pouco depois, o Hello se apaixonou por mim, mas como eu disse, nunca mais voltei a me apaixonar.

Há um ditado: "O tempo cura todas as feridas." E aconteceu comigo também. Disse a mim mesma que tinha esquecido Peter e não achava que ele fosse nada além de um rapaz legal. No entanto, a memória dele vivia tão fortemente em mim que, às vezes, eu admitia para mim mesma que tinha ciúmes das outras garotas e, por isso, não gostava mais dele. Hoje de manhã, me dei conta de que nada mudou; pelo contrário, à medida que envelheci e amadureci, meu amor cresceu dentro de mim. Seu rosto surgiu muito nítido à minha frente, e eu sei que ninguém mais pode ficar comigo assim.

Depois do sonho, eu me encontro completamente conturbada. O que poderia me ajudar? Só tenho que continuar vivendo e orando a Deus, para que, quando eu sair daqui, coloque Peter em meu caminho, e que, ao ler os sentimentos em meus olhos, ele diga:

— Ah, Anne, se eu soubesse, há muito tempo deveria ter ido até você.

Sua Anne

*Quarta-feira,
12 de janeiro de 1944*

Querida Kitty,

Há duas semanas Bep está conosco de novo, embora sua irmã não possa ir à escola até a próxima semana. Ela mesma ficou de cama por dois dias com um resfriado forte. Miep e Jan também não puderam trabalhar por dois dias, ambos com dores de estômago. Estou no meio de uma obsessão por dança e balé e estou praticando diligentemente passos de dança todas as noites. Fiz um vestido de dança hipermoderno com uma anágua lilás com renda da Mansa. Uma fita é puxada na parte superior e fecha sobre o peito; uma fita rosa com nervuras torna a coisa toda completa. Tentei em vão fazer sapatilhas de balé de verdade com meus tênis. Meus membros rígidos estão a caminho de se tornarem tão flexíveis quanto costumavam ser. Sentar no chão, segurar um calcanhar com cada mão e depois levantar as duas pernas no ar é um dos melhores exercícios para mim. No entanto, tenho que usar um travesseiro como base, caso contrário, meu pobre cóccix vai sofrer demais.

Aqui eles estão lendo um livro intitulado *Manhã sem nuvens*, que mamãe achou extremamente bom, porque descreve muitos dos problemas da juventude. Pensei comigo mesma, um pouco ironicamente: "Ela que cuide primeiro dos próprios filhos!"

Acho que os olhos de mamãe não se abriram para ver que a relação com nossos pais está longe de ser tão elevada quanto ela sempre imaginou e ainda acredita. Estou falando de nós duas, você percebeu? Margot se tornou muito boa; ela me parece completamente diferente do que costumava ser. Não é tão ríspida e está se tornando uma amiga de verdade. Ela não me considera mais a garotinha que não precisa ser levada a sério.

É uma coisa estranha que às vezes eu me veja pelos olhos de outra pessoa. Então calmamente considero os assuntos de certa Anne Robin e folheio meu próprio livro da vida como se fosse o de uma estranha.

No passado (quando não pensava muito), às vezes, eu tinha a sensação de que não pertencia a Mansa, Pim e Margot, e seria sempre uma estranha; às vezes, fazia o papel de um órfão por pelo menos meio ano, até que me castiguei e me culpei por bancar a vítima, quando ainda estava me divertindo. Então chegou um momento em que me forcei a ser gentil. Todas as manhãs, quando alguém descia as escadas altas do sótão (em casa!), eu esperava que fosse mamãe me desejando bom-dia. Ela era hostil comigo, com uma ou duas observações críticas, e eu ia para a escola completamente devastada. No caminho para casa, eu a desculpava; percebia que ela estava preocupada. Chegava em casa feliz, conversava sem parar até que a cena da manhã se repetia e eu saía com minha mochila da escola, pensativa.

Às vezes, resolvia ficar com raiva, mas, quando chegava em casa depois da escola, tinha tantas coisas novas para contar que há muito esquecia minha resolução, e minha mãe precisava ter um ouvido aberto para todas as minhas aventuras em todas as circunstâncias.

Até que chegou um momento em que parava de ouvir passos na escada pela manhã, me sentia sozinha e derramava lágrimas no travesseiro à noite.

Tudo ficou muito pior aqui. Ora, você sabe, e agora estou pronta para beijar meu pingente de ouro, pensar "o que me importa esse negócio?" e fazer planos para o futuro!

Sua Anne

P.S.: Você deve ter notado que costumo chamar a mãe de "Mans" ou "Mansa". Inventei isso para dizer algo como "Mams" para ela, afinal. É uma espécie de mãe imperfeita que eu adoraria honrar com outra perna no "n". Felizmente, ela não sabe o significado do nome dela.

Sua Anne

*Sábado,
15 de janeiro de 1944*

Querida Kitty,

Não faz sentido eu continuar descrevendo nossas brigas e discussões para você até o último detalhe. Acho que basta dizer que separamos muitas coisas como gordura e carne, então agora comemos nossas próprias batatas fritas e não precisamos nos preocupar com a apreciação dos Van Pels em relação à carne, nem temos que verificar as panelas, para selar os pedaços que faltam. Há algum tempo também comemos pão de centeio, porque às quatro horas já estávamos com vontade de comer e mal conseguíamos controlar o ronco do estômago.

O aniversário de mamãe está se aproximando rapidamente. Ela ganhou uma porção extra de açúcar de Kugler, motivo de inveja por parte dos Van Pels, porque, no aniversário da dona, ela não recebeu esse presente. Mas de que adianta se eu ficar lhe importunando com palavras duras, crises de choro e discussões raivosas? Basta você saber que elas nos irritam ainda mais.

A mãe expressou o desejo, por ora inatingível, de não ter que ver, por duas semanas, o rosto do senhor Van Pels.

Fico me perguntando se, a longo prazo, todas as pessoas entram em discussões com quem convive há tanto tempo. Ou talvez tenhamos tido muito azar? Quando à mesa, Pfeffer pega um quarto da metade do molho da tigela e não se incomoda em deixar todo mundo comer sem molho, eu perco o apetite e quero pular, arrastá-lo da cadeira para fora do aposento.

A maioria da humanidade é tão egoísta e gananciosa? O lema de Van Pels é: "Quando já tivermos nos servido do suficiente, os outros então poderão se servir de alguma coisa. Para nós, o melhor. Nós primeiro. Para nós, sempre a maior parte!" Pfeffer vai um passo além: "Eu pego tudo o que quero, não me preocupo em deixar nada e digo a todos que sou muito comedido!" Foi muito bom eu ter um pouco de conhecimento da natureza humana aqui, mas acho que já basta. A guerra não incomoda nossas brigas, liberdades e necessidade de ar puro, e por isso devemos tentar aproveitar ao máximo nossa estadia. Estou pregando, mas também acho que, se ficar aqui por muito mais tempo, me tornarei um varapau. E ainda assim eu adoraria ser verdadeiramente um broto!

Sua Anne

Sábado,
22 de janeiro de 1944

Querida Kitty,

Você pode me dizer por que todas as pessoas escondem suas intimidades com tanto medo? Por que é que, sempre que estou acompanhada, me comporto de modo diferente do que devia? Por que um confia tão pouco no outro? Eu sei que deve haver uma razão para isso, mas às vezes acho muito, muito ruim que não se consiga encontrar um pouco de confiança em qualquer lugar, mesmo com as pessoas mais próximas.

Sinto que envelheci desde a noite do meu sonho, amadureci; sou muito mais autônoma. Tenho certeza de que você vai arregalar os olhos quando eu lhe disser que até a Van Pels tem um papel diferente para mim. De súbito, não olho mais para todas as discussões etc. etc. do nosso ponto de vista tendencioso. Como mudei tanto? Sim, você sabe, de repente eu pensei que a relação entre mim e minha mãe seria completamente diferente se ela fosse diferente, ou seja, se fosse uma *mãe* de verdade. Claro que é verdade que a senhora Van Pels é tudo menos uma boa pessoa, e, ainda assim, acho que metade das brigas poderiam ter sido evitadas se mamãe não tivesse se comportado de modo insensível em todas as conversas aguçadas. A senhora Van Pels tem um lado irradiante, e é isso que nos possibilita conversar com ela. Apesar de todo o egoísmo, ganância e desonestidade, ela pode ser facilmente persuadida desde que não provocada e desafiada. Essa solução não funciona até a próxima briga, mas, se formos pacientes, é possível tentar mais uma vez para ver até onde se pode chegar.

Todas as nossas questões educacionais, os mimos, a comida, tudo o mais teria tomado um rumo completamente diferente se tivéssemos permanecido abertos e amistosos e nem sempre tivéssemos em mente apenas os lados ruins. Eu sei exatamente o que você diria, Kitty:

— Mas, Anne, essas palavras são realmente suas? Você, que precisou ouvir tantas palavras duras do andar superior? Você, que sabe tudo de errado que aconteceu?

E, no entanto, estas palavras são minhas. Quero explorar tudo de novo e não quero me ater ao ditado: "Tal pai, tal filho." Eu mesma quero analisar os Van Pels e ver o que é verdade e o que é exagerado. Quando eu experimentar a decepção, posso pensar como papai e mamãe novamente; e, se não, ora, primeiro tentarei dissuadi-los de sua imagem errada, e, se isso não funcionar, ainda vou manter minha própria opinião e meu próprio julgamento.

Quero aproveitar todas as oportunidades para falar francamente com a dona sobre muitos assuntos e não ter medo de expressar minha opinião neutra, mesmo que seja considerada uma sabe-tudo.

Tenho que ficar calada sobre aquilo que é dirigido contra minha própria família, mas a partir de agora falar mal dos outros é coisa do passado, embora isso não signifique que vou parar de defender minha família contra alguém.

Até agora, tenho sido inflexível ao pensar que todas as brigas foram culpa deles, mas tenho certeza de que foi em grande parte nossa também. Embora tivéssemos razão, espera-se que pessoas sensatas (incluindo nós!) sejam um pouco mais perspicazes ao lidar com os outros.

Espero colher um pouco desse dom e encontrar oportunidade de colocá-lo em bom uso.

Sua Anne

*Segunda-feira,
24 de janeiro de 1944*

Querida Kitty,

Algo aconteceu comigo (na verdade, não posso dizer "aconteceu"), algo que eu mesma acho muito estranho.

Anteriormente, em casa e na escola, as questões sexuais eram discutidas de forma misteriosa ou repulsiva. Palavras relacionadas a isso eram sussurradas, e aqueles que não sabiam algo eram ridicularizados. Eu achava estranho e muitas vezes pensava: "Por que as pessoas falam sobre essas coisas como se fossem misteriosas ou ruins?"

Como não havia nada a fazer a respeito, mantive a boca fechada tanto quanto pude ou perguntei a meus colegas. Quando soube de muitas coisas, minha mãe uma vez me disse:

— Anne, vou lhe dar um bom conselho: nunca fale com meninos sobre esse assunto e não responda se lhe perguntarem.

Eu sei muito bem minha resposta; eu lhe disse:

— Não, claro que não! Como poderia?

E assim ficou.

No início do tempo de esconderijo, meu pai costumava dizer algo sobre coisas que eu preferia ouvir de minha mãe, e o resto eu juntava em livros ou conversas. Peter van Pels nunca foi tão desagradável nessa área quanto os meninos da escola, talvez muito raramente no início, mas nunca para me fazer falar.

Ontem, quando Margot, Peter e eu estávamos descascando batatas, a conversa se voltou para Moffi.

— Ainda não sabemos o sexo de Moffi, não é? — perguntei.

— Claro — respondeu Peter —, ele é um gato!

Eu tive que rir:

— Belo gato que está grávido!

Peter e Margot riram do erro crasso. Há cerca de dois meses, Peter percebeu que não demoraria muito para que Moffi tivesse filhos.

A barriga dele estava ficando incrivelmente grande. O tamanho, no entanto, era consequência de muitos ossos roubados, e os filhotinhos não cresceram, muito menos foram paridos. Peter teve que se defender dessas acusações:

— Não! — disse ele. — Você pode vir comigo e vê-lo por si mesma. Quando eu estava brigando com ele certa vez, vi claramente que o bicho era um gato.

Não consegui reprimir minha curiosidade e fui até o armazém. No entanto, Moffi não tinha horário de visita e não estava em lugar algum. Esperamos um pouco e, quando ficamos com frio, subimos as escadas novamente.

No final da tarde, ouvi Peter descer pela segunda vez. Tomei coragem para andar sozinha pela casa silenciosa e cheguei ao armazém. Moffi estava na mesa de empacotamento brincando com Peter, que o estava colocando na balança para verificar seu peso.

— Oi, você quer verificar?

Sem muita demora, ele levantou o animal, virou-o de costas, segurou sua cabeça e patas com muita habilidade, e a aula começou.

— Estes são os órgãos genitais masculinos. Estes são alguns pelos soltos, e este é o rabo dele!

O gato deu meia-volta e se levantou em suas patas brancas novamente.

Eu jamais teria olhado para qualquer outro garoto que me tivesse mostrado "os genitais masculinos". Mas Peter continuou falando normalmente sobre o assunto embaraçoso, sem segundas intenções, e, por isso, acabou me acalmando o suficiente para que eu também agisse normalmente.

Brincamos com Moffi, nos divertimos, conversamos e, por fim, caminhamos pelo espaçoso armazém até a porta.

— Sempre me deparo com essas informações em algum livro, e quanto a você? — perguntei.

— Ora, eu pergunto aos meus pais. Eles sabem disso melhor do que eu e têm mais experiência!

Já estávamos na escada, quando fiquei em silêncio.

— Tudo pode mudar!

Esse é um ditado de Bredero. Sim, na verdade, eu jamais teria podido falar sobre isso de um modo tão natural com uma garota. Também tenho certeza de que não foi isso que mamãe quis dizer quando me avisou sobre os meninos.

Apesar de tudo, estive um pouco perplexa todo o dia, pois, quando pensei em nossa conversa novamente, me pareceu estranho. Mas fiquei mais esperta em um ponto: há jovens, mesmo do sexo oposto, que podem falar livremente sem fazer piadas.

Será que Peter pergunta de fato muito a seus pais? Será que ele é mesmo do jeito como pareceu ontem?

Ah, e eu é que sei?!

Sua Anne

*Sexta-feira,
28 de janeiro de 1944*

Querida Kitty,

    Ultimamente, desenvolvi um grande gosto por árvores genealógicas de famílias reais e cheguei à conclusão de que, uma vez que você começa a pesquisar, tem que cavar cada vez mais fundo no passado e fazer descobertas cada vez mais interessantes. Embora eu seja excepcionalmente diligente com minhas matérias escolares e já possa acompanhar na estação de rádio inglesa o *Home Service* bastante bem, ainda passo muitos domingos vasculhando minha grande coleção de estrelas de cinema, que cresceu a um tamanho muito respeitável. O senhor Kugler me deixa feliz toda segunda-feira, quando traz o *Cinema & Teatro*. Embora os meus grosseiros colegas de quarto muitas vezes chamem esse mimo de desperdício de dinheiro, eles sempre ficam surpresos com a precisão com que ainda consigo citar todos os atores de determinado filme um ano depois. Bep, que muitas vezes vai ao cinema com o namorado nos dias de folga, me conta os títulos dos filmes programados para os sábados, e eu lhe dou os protagonistas e a crítica.

    Há pouco tempo, Mans disse que eu não precisava ir ao cinema, porque já tinha em mente o conteúdo, as estrelas e a crítica.

    Quando qualquer dia eu apareço com um novo penteado, todo mundo me olha com um olhar de desdém, e posso ter certeza de que alguém vai perguntar de qual atriz de cinema eu copiei o corte de cabelo. Se eu responder que é minha própria criação, eles mal acreditam. Quanto ao penteado, não fica bem por mais de meia hora, e fico tão farta dos comentários sarcásticos que corro para o banheiro para restaurar rapidamente meu penteado encaracolado normal.

Sua Anne

Sexta-feira,
28 de janeiro de 1944

Querida Kitty,

    Hoje de manhã, eu me perguntei se você não se sente como uma vaca, que tem que mastigar constantemente as velhas notícias e, por fim, bocejar muito por causa da dieta desequilibrada, desejando em segredo que Anne escolha algo novo um dia. É uma pena! Sei que as coisas antigas são chatas para você, mas imagine o quanto eu enjoo das velhas histórias que são repetidas várias vezes. Se uma conversa à mesa não é sobre política ou sobre uma refeição maravilhosa, bem, então minha mãe ou a dona reviram as velhas histórias de sua juventude, ou Pfeffer divaga sobre o guarda-roupa amplo de sua esposa, cavalos de corrida nobres, barcos a remo furados, crianças de quatro anos que praticam natação, dores musculares e pacientes receosos. Sempre se resume à mesma coisa: se um dos oito abrir a boca, os outros sete podem terminar a história que ele começou.
    Já sabemos o final de toda piada, e o narrador ri sozinho. Os vários leiteiros, merceeiros e açougueiros das ex-donas de casa já estão em nossa imaginação com barbas, tantas vezes exaltados ou postos à mesa. É impossível que algo seja novo ou fresco quando é mencionado na Casa dos Fundos.
    Tudo isso poderia ser suportado se os adultos não tivessem o mau hábito de repetir histórias que Kleiman, Jan ou Miep contam dez vezes, mas a cada vez embelezando-as com suas próprias invenções, de modo que muitas vezes eu beliscava meu braço por baixo da mesa, para não repreender o narrador entusiasmado. As criancinhas, como Anne, não devem, em circunstância alguma, corrigir os adultos, não importa que asneiras eles falem ou que inverdades e invenções criem.
    Um tema que Kleiman e Jan exploram com bastante frequência é refugiar-se ou esconder-se. Eles sabem muito bem que estamos profundamente interessados em tudo que tenha a ver com outras pesso-

as refugiadas ou escondidas e que simpatizamos sinceramente com o sofrimento dos prisioneiros escondidos e que são descobertos, bem como com a alegria dos prisioneiros libertados. Pessoas refugiadas e escondidas tornaram-se um conceito tão comum quanto os chinelos do papai, que costumavam ficar à frente do aquecedor. Organizações como *Vrij Nederland*, que falsificam documentos de identificação, enviam dinheiro a esconderijos, organizam esconderijos e encontram trabalho para jovens cristãos escondidos, são muito numerosas e é surpreendente o grande, nobre e abnegado trabalho que essas pessoas estão fazendo, arriscando as próprias vidas para ajudar e para salvar os outros. O melhor exemplo disso são realmente nossos ajudantes, que nos ajudaram até agora e esperamos que nos levem a um lugar seguro; caso contrário, eles também terão que compartilhar o destino daqueles que estão sendo procurados. Nunca ouvimos uma única palavra que insinua o fardo que certamente somos, nunca nenhum deles lamenta que damos problemas demais para eles. Todos os dias sobem para conversar com os senhores sobre negócios e política, com as mulheres sobre comida e as adversidades da guerra, com as crianças sobre livros e jornais. Na medida do possível, eles mantêm um rosto jovial, trazem flores e presentes para aniversários e festividades e estão sempre prontos para nós. E nunca devemos esquecer isto: enquanto outros mostram heroísmo na guerra ou contra os alemães, nossos ajudantes mostram heroísmo em sua alegria e caridade.

As histórias mais loucas circulam e, no entanto, a maioria delas realmente aconteceu. Por exemplo, Kleiman nos disse esta semana que dois times jogavam futebol em Gelderland, um composto inteiramente por pessoas refugiadas e o outro composto por 11 membros do *Marechaussee*, a guarda nacional. Novos cartões-mestre são emitidos em Hilversum, e, para que as muitas pessoas escondidas também recebam sua parte do racionamento (os cupons só estão disponíveis com a apresentação dos cartões-mestre ou por sessenta florins cada), os funcionários responsáveis por emiti-los convocou, em determinado momento, todos da área que estão escondidos para recolher seus papéis em uma mesa separada.

Deve-se ter cuidado, no entanto, para que essas coisas imprudentes não cheguem aos ouvidos dos *moffen*.

Sua Anne

*Quinta-feira,
3 de fevereiro de 1944*

Querida Kitty,

No país o clima de invasão aumenta a cada dia e, se você estivesse aqui, tenho certeza de que ficaria tão impressionada quanto eu, com todos os preparativos, mas também riria de nós por fazermos tanto estardalhaço, e talvez por nada!

Todos os jornais estão cheios de notícias sobre a invasão. Eles fazem as pessoas ficarem completamente loucas, porque noticiam: "Se os ingleses desembarcarem na Holanda, os governantes alemães usarão todos os meios para defender o país, se necessário também inundá-lo." Também foram publicados mapas nos quais aparecem as partes da Holanda que podem ser inundadas. Como grande parte de Amsterdã faz parte dessa área, a primeira pergunta é o que fazer quando a água estiver com um metro de altura nas ruas.

Uma grande variedade de respostas veio de todos os lados para esta pergunta difícil:

— Como andar de bicicleta ou caminhar está fora de questão, só podemos atravessar a água parada caminhando.

— Nada disso! Vamos ter que tentar nadar. Todos coloquem uma touca e um maiô e nadem debaixo d'água, tanto quanto possível, porque ninguém verá que somos judeus.

— Que bobagem! Eu já vejo as senhoras nadando, com os ratos a morderem suas pernas! — (Claro que isso foi dito por um homem! Vamos ver quem grita mais alto!)

— Não poderemos sair de casa. O armazém é tão instável que certamente entrará em colapso quando a água fluir.

— Ouça, pessoal, brincadeiras à parte: devemos tentar adquirir um barco.

— Para que isso? Tenho uma ideia melhor: cada um pega uma caixa de leite no sótão da frente e vamos remando com uma colher de pau.

— Andarei de pernas de pau, eu era mestre nisso quando jovem.

— Jan Gies não precisa disso. Ele leva sua esposa nas costas, então é Miep que tem pernas de pau.

Agora você meio que sabe, não é, Kitty? Essa conversa é hilária, mas a realidade será outra.

A segunda questão a respeito da invasão não pôde ser evitada. O que fazer se os alemães evacuarem Amsterdã?

— Vamos juntos, disfarçados da melhor maneira possível.

— Não devemos sair sob hipótese alguma na rua! A única opção é ficar aqui. Os alemães são capazes de levar toda a população cada vez mais longe até morrerem na Alemanha.

Sim, claro, ficaremos aqui. É mais seguro. Vamos tentar persuadir Kleiman a vir morar aqui com sua família. Vamos pegar um saco de dormir, para podermos dormir no chão. Miep e Kleiman devem trazer cobertores. E além dos trinta quilos de cereais que temos, pretendemos encomendar muito mais. Jan deveria tentar comprar leguminosas; temos agora cerca de trinta quilos de feijão e cinco quilos de ervilhas em casa. E não se esqueça das cinquenta latas de legumes. Mamãe conta logo os outros alimentos:

Dez latas de peixe, quarenta latas de leite, dez quilos de leite em pó, três garrafas de óleo, quatro potes de manteiga, quatro potes de carne, duas compotas de morangos, duas compotas de groselha de framboesa, vinte garrafas de sopa de tomate, dez quilos de aveia, quatro quilos de arroz. Isso é tudo.

Nosso estoque é bastante considerável. Mas levando em conta que também precisamos alimentar os visitantes e parte disso é consumido toda semana, então ele parece maior do que é de fato.

Há bastante carvão e lenha em casa, bem como velas (não celebramos Chanucá). Pretendemos costurar roupas com bolsos, a fim de, se for preciso, poder levar nosso dinheiro conosco. Vamos fazer listas do que levar em uma fuga e arrumar nossas mochilas.

Quando chegar a hora, colocaremos duas sentinelas, uma no convés da frente e outra no convés de trás.

E diga o que vamos fazer com tanta comida se não tivermos água, gás e eletricidade? Então deveremos cozinhar no aquecedor. Filtrar e ferver a água. Vamos limpar garrafões grandes e armazenar água. Temos também três chaleiras com apito e uma banheira para usar como reservatórios de água.

Vamos mandar vir o mais rápido possível a caixa de primeiros socorros, todos os casacos de inverno, calçados, conhaque, água de colônia e açúcar do local onde estão armazenados.

Também temos cem quilos de batatas de inverno na sala de especiarias.

Ouço essa conversa o dia todo. Invasão pela frente, invasão pela retaguarda. Discussões sobre fome, morte, bombas, carros de bombeiros, sacos de dormir, carteiras de identidade judaicas, gases tóxicos e assim por diante. Nada alegre.

Um bom exemplo desses avisos inequívocos de nossos senhores é a seguinte conversa com Jan:

Casa dos Fundos: — Temos medo de que, se os alemães recuarem, levem toda a população com eles.

Jan: — Isso é impossível. Eles não têm trens para isso.

Casa dos Fundos: — Trens? Você ainda acha que colocariam os civis em trens? Sem chance! Quando muito, vão a pé mesmo! — (*Per pedes apostolorum*, como Pfeffer costuma dizer.)

Jan: — Acho que não. Você vê tudo por um prisma muito sombrio. Que interesse poderiam ter em levar todos os civis embora?

Casa dos Fundos: — Você não sabe que Goebbels disse: "Se precisarmos sair, vamos fechar atrás de nós a porta de todos os territórios ocupados."

Jan: — Tanto já se disse...

Casa dos Fundos: — Você acha que os alemães são nobres ou filantrópicos demais para pôr isso em prática? Eles pensam: "Se temos que perecer, então todos em nossa esfera de poder também devem perecer conosco."

Jan: — Você pode me dizer o que quiser, eu não acredito em uma palavra disso!

Casa dos Fundos: — É sempre a mesma música. Ninguém quer ver o perigo até que o sinta por si mesmo.

Jan: — Você também não tem certeza de nada. Só está conjeturando.

Casa dos Fundos: — Já passamos por tudo isso; primeiro na Alemanha, depois aqui. E o que está acontecendo na Rússia?

Jan: — Tente ignorar os judeus por um momento. Acho que ninguém sabe o que está acontecendo na Rússia. Os ingleses e os russos exageraram por motivos de propaganda, assim como os alemães.

Casa dos Fundos: — Isso está fora de questão! A estação de rádio inglesa sempre disse a verdade. E suponha que as notícias sejam dez por cento exageradas, então os fatos são suficientemente graves. Você não pode negar que na Polônia e na Rússia vários milhões de pessoas foram assassinadas ou executadas em câmaras de gás sem misericórdia alguma.

Vou poupá-lo do resto das discussões. Estou bastante tranquila e não me importo com todo o alvoroço. Para mim, agora tanto faz se eu morrer ou permanecer viva. O mundo continuará girando sem mim, e, de qualquer modo, não posso me defender dos acontecimentos. Eu me arrisco mesmo sem fazer nada além de estudar e torcer para um final feliz.

Sua Anne

Terça-feira,
8 de fevereiro de 1944

Querida Kitty,

Já que parece que estou tendo tempo para pensar no momento, e estou navegando por todas as áreas onde há algo para refletir, meus pensamentos naturalmente se voltaram para o casamento de papai e mamãe. Ele sempre me foi apresentado como um exemplo de casamento ideal: sem brigas, sem cara feia, com harmonia perfeita etc. etc. Sei um pouco sobre o passado do meu pai, e o que não sei eu fantasiei. Sei que o pai casou se com a mãe porque a considerava adequada ao papel de esposa. Devo dizer que admiro mamãe por ocupar aquele lugar e, pelo que sei, nunca se lamentou ou teve ciúmes. Não deve ser fácil para uma mulher apaixonada saber que ela nunca vai ocupar o primeiro lugar no coração do marido, e minha mãe sabia disso. Papai deve ter admirado mamãe por isso e achou que ela tivesse bom caráter. Por que ele deveria se casar com outra? Seus ideais se foram com sua juventude. O que aconteceu com o casamento deles? Sem brigas e desentendimentos, mas ainda não é um casamento ideal. Meu pai aprecia minha mãe e a ama, mas não com o amor conjugal que imagino. Ele a aceita como ela é, muitas vezes fica com raiva, mas fala o mínimo possível, porque está ciente dos sacrifícios que minha mãe teve que fazer. Meu pai nem sempre lhe pede a opinião sobre a empresa, sobre os negócios, sobre as pessoas, sobre várias coisas; e também não lhe conta tudo, porque ele sabe que ela é exagerada demais, crítica demais e muitas vezes tendenciosa demais. Meu pai não está apaixonado: ele a beija do jeito que nos beija; nunca a coloca como modelo por ser incapaz disso. Ele olha para ela de um modo provocativo e zombeteiro, nunca com amor.

Pode ser que esse grande sacrifício tenha tornado mamãe ríspida e desagradável em relação aos que a cercam; porém, dessa forma, ela se afastará cada vez mais do caminho do amor. Despertará cada vez menos admiração, e, sem dúvida, em algum momento papai saberá que ela nunca recebeu o amor de modo pleno, mas que foi aos poucos fenecendo. Ela o ama como ninguém, e é duro não ser correspondido nesse tipo de amor.

Por isso, não deveria eu ter muita compaixão pela minha mãe? Deveria ajudá-la? E quanto ao meu pai? Não posso, sempre vejo outra mãe à minha frente, não posso. Como poderia? Ela não me conta nada sobre si mesma, nunca lhe perguntei. O que ela sabe de mim, o que eu sei de seus pensamentos? Não consigo falar com ela, não consigo nem olhar com amor naqueles olhos frios, não consigo, jamais! Se ela transparecesse apenas um traço de mãe compreensiva, fosse gentileza, ou bondade, ou paciência, ou qualquer outra coisa, eu continuaria tentando me aproximar dela. Mas essa natureza insensível, essa natureza zombeteira, está se tornando cada vez mais impossível para mim.

Sua Anne

Sábado,
12 de fevereiro de 1944

Querida Kitty,

O sol está brilhando, o céu é de um azul profundo, um vento maravilhoso está soprando, e eu estou tão, tão desejosa... de tudo...

Das conversas, da liberdade, dos amigos, de ficar sozinha. Desejo há tanto tempo... chorar! Sinto que estou prestes a explodir e sei que chorar melhoraria; mas não posso. Estou inquieta, vou de um quarto para outro, respiro pela fresta de uma janela fechada, sinto meu coração bater, como se dissesse:

— Satisfaça por fim meu desejo!

Acho que sinto a primavera dentro de mim, sinto o despertar da primavera, sinto isso em todo o meu corpo e na minha alma. Tenho que me controlar para me comportar normalmente, estou completamente confusa; não sei o que ler, o que escrever, o que fazer, só sei que desejo...

Sua Anne

*Segunda-feira,
14 de fevereiro de 1944*

Querida Kitty,

No domingo à noite, todos, exceto Pim e eu, sentavam-se em frente ao rádio e ouviam "Música imortal dos mestres alemães". Pfeffer continuava a sintonizar, o que irritou Peter e os outros. Depois de meia hora de nervosismo reprimido, Peter, um pouco irritado, pediu que ele parasse de virar. Pfeffer respondeu com sua maneira mais arrogante:

— Eu sei o que fazer!

Peter ficou com raiva e lhe deu uma resposta malcriada, com a qual o senhor Van Pels concordou, e Pfeffer teve que recuar. Isso foi tudo.

A ocasião em si não era particularmente importante, mas Peter parece ter levado o assunto muito a sério. Ele veio até mim esta manhã, enquanto eu estava vasculhando a estante no sótão, e começou a me contar sobre o incidente para me relatar o que houve. Eu não sabia de nada. Peter percebeu que havia encontrado uma ouvinte atenta e se abriu.

— Sim, como você vê — disse ele —, não abro minha boca, porque eu sei de antemão que não consigo me expressar de forma adequada. Começo a gaguejar, corar e confundir o que estava tentando dizer, até ter que parar, porque não consigo mais encontrar as palavras. Foi assim que me senti ontem. Queria dizer algo completamente diferente, mas, quando comecei, perdi a cabeça, isso é terrível.

"Eu costumava ter um mau hábito ao qual ainda hoje eu gostaria mais que tudo de recorrer: quando estava com raiva de alguém, preferia socá-lo a discutir. Sei que isso não leva a nada, e é por isso que eu admiro você; pelo menos você encontra logo as palavras certas; diz às pessoas o que você tem a dizer e não se sente nem um pouco constrangida."

— Aí você se engana! — foi minha resposta. — Na maioria dos casos, eu digo as coisas de forma completamente diferente do que pretendia dizer e depois falo demais e por muito tempo, isso também é bem ruim.

— Talvez, mas você ainda tem a vantagem de nunca se mostrar constrangida. Você mantém sua cor e seu porte.

Tive que rir comigo mesma com essa última frase, mas eu queria que ele continuasse dizendo sobre si e não ficasse inseguro, por isso, não demonstrei que estava me divertindo. Eu me sentei em uma almofada no chão, passei meus braços em volta das minhas pernas dobradas e olhei para ele com atenção.

Estou tão feliz que há mais alguém na casa que pode fazer birras como eu. Era obviamente bom para Peter que ele pudesse criticar Pfeffer com as piores palavras, sem ter medo de alguém o repreender. E quanto a mim, eu achei legal também, porque senti uma sensação forte de vínculo com ele que eu só tinha com minhas amigas.

Sua Anne

*Quinta-feira,
17 de fevereiro de 1944*

Querida Kitty,

Aquele pequeno incidente com Pfeffer ainda rendeu, e a culpa foi toda dele.

Pfeffer veio triunfante falar com mamãe na noite de segunda--feira e lhe disse que de manhã Peter perguntou se ele havia dormido bem, lamentando pelo que havia acontecido na noite de domingo, e que sua reação não era intencional. Então, para tranquilizá-lo, Pfeffer assegurou-lhe que também não o culpara. Tudo estava, portanto, de volta à ordem.

Mamãe me trouxe essa história, e eu fiquei perplexa por Peter, que estava tão zangado com Pfeffer, ter se humilhado a tal ponto, apesar de todos os seus protestos.

É por isso que não pude resistir a perguntar a Peter sobre essa questão e ouvi dele imediatamente que Pfeffer havia mentido. Você tinha que ver a expressão dele, valeria a pena tirar uma fotografia de Peter. Indignação com a mentira, raiva, reflexão a respeito do que fazer, inquietação e muito mais transpareciam em seu rosto.

Na verdade, senti um pouco de pena por ter sido tão precipitada com a minha pergunta, porque eu podia jurar, de pés juntos, que ele não iria deixar aquilo passar em branco. E, sem dúvida, minha conjetura se confirmou. À noite, tanto o senhor quanto Peter tiveram uma discussão acalorada com Pfeffer. Houve depois dois dias de silêncio, e hoje já não se falava sobre o assunto. Ainda bem!

Está um tempo maravilhoso lá fora desde ontem, e eu realmente revivi. Vou até o sótão quase todas as manhãs para arejar o quarto e limpar os meus pulmões. Do meu lugar favorito, no chão, eu olhava para o céu azul, o castanheiro nu com pequenas gotas brilhando em seus galhos, as gaivotas e os outros pássaros que pareciam feitos de prata em seu voo rasante, e tudo isso nos emocionou e se apoderou de nós dois a ponto de perdermos a fala. Peter ficou com a cabeça encostada em uma viga grossa; eu sentada. Respiramos o ar, olhamos para fora e sentimos que aquilo era algo que não deveria ser interrompido com palavras. Nós olhamos para fora por um longo tempo, e, quando ele teve que ir cortar lenha, eu soube que ele era um bom sujeito. Ele subiu as escadas até o sótão; eu o segui, e não falamos uma palavra por quinze minutos, enquanto ele cortava lenha. Eu o observei do meu lugar de pé, claramente fazendo o seu melhor para cortar bem, a fim de me mostrar sua força. Mas também olhei pela janela aberta para uma grande parte de Amsterdã, sobre os telhados até o horizonte, que era de um azul tão brilhante que não consegui distinguir claramente sua linha.

"Enquanto isso ainda existir", pensei, "e eu puder experimentá-lo, esse sol, esse céu sem nuvem, não *posso* ficar triste".

Certamente o melhor remédio para quem está angustiado, solitário ou infeliz é sair, ir a algum lugar para ficar sozinho, sozinho com o céu, com a natureza e com Deus. Porque só então, só então, você sente que tudo está como deveria estar, e que Deus quer ver as pessoas felizes na natureza simples, mas bela.

Enquanto isso existir, e provavelmente sempre existirá, sei que, sejam quais forem as circunstâncias, haverá conforto para cada tristeza. E acredito firmemente que em toda miséria a natureza pode mitigar muitas coisas más.

Ah, quem sabe, talvez não demore muito para que eu possa compartilhar essa felicidade avassaladora com alguém que sente o mesmo que eu!

Sua Anne

*Quarta-feira,
1 de março de 1944*

Querida Kitty,

Meus assuntos pessoais acabaram de ficar em segundo plano, por causa de... um roubo. Estou lhe dando nos nervos com os roubos, mas que culpa tenho eu se os ladrões gostam tanto de honrar Gies & Co. com sua visita? Este roubo é muito mais complicado do que o anterior, de julho de 43.

Quando o senhor Van Pels foi ao escritório de Kugler ontem à noite, às sete e meia, como sempre, ele viu que a porta de vidro e a porta do escritório estavam abertas. Ele ficou surpreso, mas continuou andando e ficou cada vez mais surpreso quando viu que as portas da pequena sala do meio também estavam abertas, e o escritório da frente estava uma bagunça terrível. "Um ladrão veio aqui", passou pela sua mente, e, só para ter certeza, ele desceu as escadas, testou a porta da frente, verificou a trava de segurança: estava tudo fechado. "Ah, então esta noite Bep e Peter devem ter sido muito descuidados", presumiu. Ficou sentado na sala de Kugler por um tempo, depois desligou o abajur e subiu, sem se importar muito com as portas abertas ou com a bagunça no escritório da frente.

De manhã cedo, Peter bateu à nossa porta e nos trouxe a notícia nada feliz de que a porta da frente estava escancarada. Ele também nos informou que o projetor e a nova pasta de Kugler haviam desaparecido do armário. Peter recebeu ordem de trancar a porta, Van Pels contou suas observações da noite passada e ficamos em um grande tumulto.

A única maneira de explicar toda a história é que o ladrão deve ter uma cópia da chave da porta, porque não foi forçada. Ele deve ter entrado ali logo no início da noite, fechado a porta quando foi perturbado por Van Pels. Então se escondeu até este sair e, depois, fugindo com seu roubo, deixou às pressas a porta aberta.

É um mistério. Quem poderia ter a nossa chave? Por que o ladrão não entrou no armazém? Será que talvez um dos nossos funcionários do armazém é o culpado? E será que ele vai nos entregar, já que ouviu Van Pels e talvez até o tenha visto?

É muito assombroso, porque não sabemos se o ladrão em questão teria a ideia de abrir nossa porta de novo. Ou será que ele estava com medo do homem andando por aqui?

Sua Anne

P.S.: Se você puder encontrar um bom detetive para nós, seria muito bem-vindo. O requisito mais importante é, claro, quando se trata do esconderijo: confiabilidade.

Sua Anne

*Terça-feira,
7 de março de 1944*

Querida Kitty,

Quando penso na minha vida despreocupada em 1942, parece algo irreal. Essa vida foi experimentada por uma Anne completamente diferente desta que mora na Casa dos Fundos. Visto daqui, tudo me parece ter sido muito maravilhoso em casa, na Merry, muitos amigos, mimada pelo pai e pela mãe, muitos doces, bastante dinheiro, o que mais se pode querer?

Tenho certeza de que você vai querer me perguntar como eu cativei todas as pessoas que costumavam gostar de mim. Não era atração de presença física; era por causa das minhas respostas, gracejos, olhar crítico e bom humor. Isso é tudo que eu era: paqueradora, charmosa e às vezes divertida. Tive alguns talentos que me deram reconhecimento, nomeadamente diligência e honestidade. Eu nunca impediria alguém de me copiar, sempre admiti meus erros e não era nem um pouco arrogante. Mas, se eu não tivesse me tornado arrogante a longo prazo, essa vida não me deixaria arrogante? É uma sorte, embora lamentável, que no meio disso, no clímax da festa, eu de repente tenha topado com a realidade e levado um bom ano para me acostumar com o fato de não mais receber qualquer admiração.

Eu olho para essa Anne como se ela fosse uma garota legal, mas muito superficial, que não tem mais nada a ver comigo. Peter disse justamente sobre mim:

— Sempre que eu via você, estava cercada por dois ou mais garotos e um grupo de garotas. Sempre rindo, você era o centro das atenções!

O que resta daquela garota? Sim, claro, ainda não perdi meu sorriso e minhas respostas, ainda posso criticar as pessoas tão bem ou melhor, ainda posso paquerar se... quiser. Esse é exatamente o ponto, às vezes eu gostaria de viver assim aparentemente despreocupada e feliz por uma noite, alguns dias, por uma semana. Até o final dessa semana, eu estaria cansada e grata a quem viesse com algo inteligente para falar.

Não quero adoradores, mas amigos; não admiradores de um sorriso lisonjeiro, mas de atitude e caráter. Eu sei muito bem que o círculo ao meu redor seria então muito menor. Mas o que importa, desde que me restem apenas algumas pessoas, pessoas sinceras?

Apesar de tudo isso, eu também não estava completamente feliz em 1942; isso é impossível. Muitas vezes me sentia sozinha, mas porque estava ocupada da manhã à noite, não pensava e me divertia o máximo possível.

Hoje olho para minha própria vida e percebo que um capítulo foi irrevogavelmente encerrado, os dias alegres e despreocupados da escola nunca mais voltarão. Nem anseio muito por isso, é algo que já superei, não posso simplesmente brincar; há uma pequena parte de mim que é sempre séria.

Vejo minha vida até o Ano-Novo de 1944 como se estivesse sob uma grande lupa. A vida em casa com muito sol, e depois, aqui, em 1942, a súbita mudança, as discussões, as acusações. Não consegui entender, fui pega de surpresa, e, para manter a compostura, não sabia o que fazer a não ser ter ousadia. Na primeira metade de 1943, minhas explosões de lágrimas, a solidão, o reconhecimento gradual dos erros e falhas, que são tão grandes e, no entanto, pareciam duas vezes maiores. Durante o dia, encobria tudo falando, tentando atrair Pim para mim. Não dava certo: eu estava sozinha diante da difícil tarefa de me modelar de tal forma que não precisasse mais ouvir reprovações, porque elas me oprimiam e me deixavam com um terrível desânimo. Na segunda metade do ano, as coisas melhoraram um pouco, me tornei uma adolescente e fui vista mais como adulta. Comecei a pensar, a escrever histórias e cheguei à conclusão de que os outros não tinham mais nada a ver comigo, não tinham o direito de me arrastar da esquerda para a direita como um pêndulo. Eu queria me transformar por conta própria. Descobri que não dependia de minha mãe completamente, o que me doía. Mas o que me impressionou ainda mais foi a percepção de que meu pai nunca se tornaria meu confidente. Eu não confiava mais em ninguém além de mim mesma.

Depois do Ano-Novo, a segunda grande mudança, meu sonho... foi assim que descobri meu desejo sem limites por tudo o que é belo e bom.

E à noite, quando me deito à cama e encerro minha oração com as palavras: "Agradeço por tudo o que é bom, amado e belo", eu me alegro, pensando no que há de *bom* no esconderijo, na minha boa saúde e em todo o meu ser, no "amado" que um dia virá, no amor, no futuro, na felicidade e no belo, a que o mundo se destina. O mundo, a natureza e a beleza infinita de tudo, tudo é tão lindo junto.

Então não penso em toda a miséria, mas na beleza que ainda resta. Essa é uma grande parte da diferença entre mim e minha mãe. O conselho dela para quando você está se sentindo triste é:

— Pense em toda a desgraça do mundo e fique feliz por não estar passando por isso.

Meu conselho é:

— Saia para o campo, para a natureza e para o sol. Saia e tente encontrar a felicidade em si mesmo. Pense em todas as coisas bonitas que estão crescendo em você e ao seu redor e seja feliz!

Não acho que a frase de mamãe pode estar certa, porque o que se deve fazer quando se está realmente passando pela desgraça? Ora, estamos perdidos. Por outro lado, acredito que a cada tristeza ainda resta algo bonito. Se você prestar atenção, perceberá cada vez mais alegria e encontrará um reequilíbrio. E quem é feliz fará os outros felizes, quem tem coragem e confiança nunca perecerá na desgraça.

Sua Anne M. Frank

Domingo,
12 de março de 1944

Querida Kitty,

Ultimamente não tenho tido paciência, corro de cima para baixo e vice-versa. Gosto de conversar com Peter, mas sempre tenho medo de incomodá-lo. Ele me contou algumas coisas sobre o passado, sobre seus pais e sobre si mesmo. Acho muito pouco e me pergunto a cada cinco minutos como posso querer mais. Ele costumava me achar detestável, o que era recíproco; agora mudei de ideia, será que ele também mudou a dele? Acho que sim, mas isso não significa que temos que virar grandes amigos, embora assim eu pudesse suportar com maior facilidade o fato de estarmos escondidos. Mas não quero enlouquecer; eu me ocupo dele o suficiente e não quero desanimar você também só porque me sinto infeliz.

Na tarde de sábado, depois de uma série de mensagens tristes do lado de fora, fiquei tão chateada que me deitei no sofá para dormir. Eu não queria nada além de dormir para não pensar.

Dormi até quatro horas, depois tive que ir para o outro quarto. Foi muito difícil para mim responder a todas as perguntas de mamãe e pensar em uma desculpa que explicasse para papai o fato de eu ter tido sono. Fingi uma dor de cabeça, o que não era mentira, porque eu de fato estava com dor de cabeça... internamente!

Pessoas normais, garotas normais, adolescentes como eu deverão pensar que sou estúpida com minha autocomiseração, mas é só isso: para você eu digo tudo que está no meu coração, e fora isso sou tão ousada, alegre e autoconfiante quanto possível, a fim de evitar todas as questões e me ressentir internamente.

Margot é muito simpática comigo e gostaria de ser minha confidente, mas ainda não posso contar tudo a ela. Ela é legal, bondosa e bonita, mas lhe falta a leveza para falar sobre coisas mais profundas. Ela me leva a sério, muito a sério, e pensa muito sobre sua irmã maluca. A tudo o que digo, ela olha para mim analisando e pensando: "Será brincadeira ou ela fala sério?" Isso porque estamos juntas o tempo todo, e eu não podia ter meu confidente por perto sempre.

Quando vou encontrar meu caminho para sair dessa confusão de pensamentos, quando o descanso e a paz estarão em mim novamente?

Sua Anne

*Terça-feira,
14 de março de 1944*

Querida Kitty,

    Talvez você ache divertido (para mim, não é nem um pouco) se souber como vamos comer hoje. No momento, como a faxineira está lá embaixo, estou sentada à mesa dos Van Pels, pressionando um lenço contra a boca e o nariz, que está embebido do agradável perfume de antes de nos escondermos. Mas você não vai conseguir entender muito, então volto para "começar do começo".

    Desde que nossos fornecedores de cupons foram detidos, não temos gordura nem cupom algum além de nossos cinco ilegais. Como Miep e Kleiman estão doentes de novo, Bep não pode ir às compras, e, como o clima costuma ser desolador, a comida também é. A partir de amanhã, não teremos mais gordura, manteiga nem margarina. Não temos mais batatas fritas no café da manhã (economia de pão), mas mingau, e, como a dona acha que estamos morrendo de fome, compramos leite integral extra. Nosso almoço de hoje é ensopado de couve enlatada; daí a precaução com o lenço. É inacreditável como a couve que deve ter alguns anos pode cheirar mal! A sala cheira a uma mistura de ameixas estragadas, conservante nauseabundo e dez ovos podres. Eca! Estou ficando doente só de pensar em comer essa coisa!

    Além disso, nossas batatas pegaram doenças tão estranhas que um em cada dois baldes de *pommes de terre* acaba no aquecedor. Brincamos de identificar as várias doenças e concluímos que se alteram entre câncer, varíola e sarampo. Ah, sim, não é divertido estar escondido no quarto ano da guerra. Espero que toda essa merda acabe!

    Honestamente, não me importaria tanto com a comida se tivéssemos uma vida um pouco mais agradável. Esse é o ponto: estamos nos tornando desgastados nesta vida chata. Aqui estão as opiniões de cinco adultos sobre a situação atual (as crianças não têm permissão para opinar; desta vez, eu também segui a regra).

Senhora Van Pels:

Faz muito tempo que não gosto de minha atuação como rainha da cozinha. Ficar parada é chato. Então vou cozinhar de novo em breve, mas ainda tenho que reclamar:

É impossível cozinhar sem gordura, enjoo com todos esses cheiros repugnantes. Meu esforço não recebe nada além de ingratidão e gritos. Sou sempre a errada, culpada por tudo.

Acho que a guerra não está avançando tanto, no final, os alemães vão vencer. Tenho medo de morrer de fome e insulto todo mundo quando estou de mau humor.

Senhor Van Pels:

Tenho que fumar, fumar, fumar, assim a comida, a política, o humor de Kerli não são tão ruins assim. Kerli é uma mulher adorável.

Se não fumar, fico doente; então tenho que comer carne. Vivemos muito mal, nem tudo é bom o suficiente, e logo deve se iniciar uma discussão acalorada. Minha Kerli é uma pessoa muito boba.

Senhora Frank:

A comida não é tão importante, mas agora eu gostaria de uma fatia de pão de centeio, porque estou com muita fome.

Se eu fosse a senhora Van Pels, já teria acabado com a eterna obsessão de fumar do marido. Agora eu absolutamente preciso de um cigarro; minha cabeça está confusa.

Os Van Pels são pessoas abomináveis; os ingleses cometem muitos erros, mas a guerra está progredindo. Tenho que falar e ficar feliz por não estar na Polônia.

Senhor Frank:

Tudo bem, não preciso de nada. Sempre com tranquilidade, temos tempo suficiente. Alcancem-me as batatas, e eu me calo. Separo logo um pouco da minha comida racionada para Bep. A política está indo bem, estou muito otimista!

Senhor Pfeffer:

Tenho que terminar o meu trabalho e fazê-lo a tempo. A política corre "de bento em boba", é "imposible" que sejamos capturados. Eu, eu, eu...

Sua Anne

*Quinta-feira,
16 de março de 1944*

Querida Kitty,

Ufa... enfim estou livre dos pensamentos sombrios por um tempo! Hoje, eu não ouço nada além de: Se isso ou aquilo acontecer, a gente se encrenca, e se alguém adoecer, estamos praticamente sozinhos no mundo, se... Resumindo: você pode adivinhar o resto. De qualquer forma, suponho que agora você conheça a Casa dos Fundos bem o suficiente para adivinhar suas conversas.

A razão para o "se, se" é que o senhor Kugler foi chamado para escavar por seis dias, Bep está com um forte resfriado e deverá ficar em casa amanhã, Miep ainda não melhorou da gripe e Kleiman teve um sangramento no estômago com desmaio — uma verdadeira lista de calamidades para nós!

Em nossa opinião, a primeira coisa que Kugler deve fazer é ir a um médico de confiança, obter um bom atestado médico e apresentá-lo à prefeitura de Hilversum. Os funcionários do armazém têm um dia de folga amanhã, então Bep estará sozinha no escritório. Se (outro "se") Bep ficar em casa, a porta ficará trancada, e temos que ficar quietos para que ninguém na Keg nos ouça. Jan virá visitar por trinta minutos os desolados a uma hora, como a desempenhar o papel de o guardião do zoológico. Esta tarde, pela primeira vez em muito tempo, Jan nos relatou algo do grande mundo externo. Você deveria ter nos visto, os oito ao redor dele, quase como em uma ilustração de Grimm:

— Quando a avó conta as histórias... — disse ele como uma cachoeira na frente de sua plateia agradecida, tratando, claro, principalmente de comida. A dona Pfeffer, amiga de Miep, cozinha para ele. Com grande dificuldade, esta senhora conseguiu comprar três cenouras do verdureiro. Anteontem, Jan comeu cenouras com ervilhas, ontem teve que comer o resto, hoje ela está cozinhando purê e amanhã as cenouras que sobraram vão ser usadas para fazer guisado.

Perguntamos sobre o médico de Miep.

— Médico? — perguntou Jan. — O que esperam que eu fale sobre o médico? Liguei para ele esta manhã, uma jovem secretária me atendeu, pedi-lhe uma receita para gripe, a resposta foi que eu tinha que passar lá entre oito e nove horas sem atraso para pegar a receita.

Quando se está com uma gripe muito forte, o médico atende pessoalmente ao telefone e diz:

— Coloque a língua para fora e diga "Aaa"... Percebo que você está com a garganta irritada. Vou lhe passar uma receita para pedir no farmacêutico. Tchau, tchau, senhor.

E é só isso! Esta é uma prática conveniente, apenas atendimento por telefone. Mas não quero culpar os médicos, afinal, todo mundo só tem duas mãos, e, hoje em dia, há uma enxurrada de pacientes e pouquíssimos médicos.

No entanto, acabamos rindo quando Jan repetiu a conversa telefônica. Posso imaginar como seria a sala de espera de um médico hoje. Não se despreza os pacientes com seguro de saúde legal, mas, sim, as pessoas que não têm nada grave, pensando consigo mesmo: "O que você está fazendo aqui? Fique no fim da fila, os pacientes em estado grave têm prioridade."

Sua Anne

*Sexta-feira,
17 de março de 1944*

Querida Kitty,

Tudo voltou *ao normal*. Kugler foi absolvido pelo Grande Conselho. Bep deu um leve safanão no nariz e o proibiu estritamente de perturbá-la hoje. O vento de alívio está soprando pela Casa dos Fundos!

Sua Anne

*Quinta-feira,
23 de março de 1944*

Querida Kitty,

Aqui tudo está voltando aos poucos ao normal. Nossos fornecedores de cupons foram libertados da prisão, sorte!

Miep voltou ainda ontem; hoje, seu marido ficou de cama. Calafrios e febre, os sintomas costumeiros da gripe. Bep está melhor, embora a tosse não pare. Kleiman terá que ficar em casa por muito tempo.

Ontem, um avião caiu aqui. Os aviadores saltaram de paraquedas a tempo. A aeronave colidiu com uma escola onde não havia crianças. O incidente resultou em um pequeno incêndio e algumas mortes. Os alemães dispararam com força contra os aviadores. Os espectadores em Amsterdã quase explodiram de raiva diante de um ato tão desprezível. Nós, isso quer dizer as mulheres, também levamos um susto enorme, *brr*, detesto esses disparos.

Costumo agora subir as escadas à noite para tomar, no quarto de Peter, um ar fresco noturno. É muito mais fácil iniciar boas conversas em um quarto escuro do que quando o sol está fazendo cócegas em seu rosto. Eu gosto de sentar lá em uma cadeira ao lado dele e olhar para fora. Van Pels e Pfeffer agem de modo muito pueril quando eu permaneço no quarto de Peter.

— A segunda casa de Anne — falam.

Ou ainda:

— Seria apropriado que tarde da noite cavalheiros recebam a visita de senhoritas no escuro?

Peter permanece surpreendentemente calmo e composto diante de tais comentários, que deveriam ser engraçados. Aliás, minha mãe também fica um pouco curiosa e me perguntaria sobre os assuntos que conversamos se não tivesse um receio velado de uma resposta negativa. Peter diz que os adultos estão com inveja, porque somos jovens e não deixamos suas hostilidades nos impressionarem muito. Às vezes, ele vem me buscar no andar de baixo, mas é constrangedor, porque, apesar de todas as precauções, seu rosto fica vermelho, e ele mal consegue falar. Como estou feliz por nunca ruborizar! Sem dúvida, me parece uma sensação extremamente desagradável. Além disso, não gosto do fato de Margot estar sentada sozinha no andar de baixo, enquanto estou em boa companhia no andar superior. Mas o que posso fazer? Eu não me importo que ela me acompanhe até em cima, só que ela seria a quinta roda da carroça e ficaria um pouco deslocada.

Tenho que ouvir muito de todos sobre a amizade repentina, e de fato não sei quantas vezes a conversa se voltou para o casamento na Casa dos Fundos se a guerra continuar por mais cinco anos. O que nos importa de todo esse veredicto dos velhos? Não muito; de qualquer maneira, são tão insípidos. Meus pais também esqueceram sua juventude? De qualquer forma, parece que eles sempre nos levam a sério quando fazemos uma piada e riem de nós quando estamos falando sério.

Sua Anne

*Segunda-feira,
27 de março de 1944*

Querida Kitty,

Um capítulo muito grande de nossa história no esconderijo deveria ser ocupado pela política, mas como esse tópico não me preocupa muito, eu o desprezo com muita frequência. É por isso que hoje vou dedicar uma carta inteira à política. Escusado será dizer que há muitas opiniões diferentes sobre esta questão, e que em tempos ruins de guerra se fale disso é ainda mais lógico, mas... que haja tanta discussão sobre isso é simplesmente estúpido! Devem apostar, rir, repreender, resmungar, devem fazer qualquer coisa desde que não sejam autocomplacentes, mas não devem discutir, porque isso costuma ter consequências nada boas. As pessoas que vêm de lá do mundo externo trazem muitas notícias inverídicas; nosso rádio nunca mentiu até agora. Jan, Miep, Kleiman, Bep e Kugler estão todos com altos e baixos em seus humores em relação à política, Jan menos que os demais.

Aqui, na Casa dos Fundos, o clima é sempre o mesmo quando se trata de política. Nos inúmeros debates sobre invasão, bombardeio aéreo, discursos etc. etc. também se ouvem inúmeras exclamações, como *"imposible"*, *"polo amor de Deos"*, "Se eles querem começar só agora, como será então!", "Tudo *otchimo!*", "*esprêndido!*".

Os otimistas, os pessimistas e, por último, mas não menos importante, os realistas expressam suas opiniões com energia incansável, e, como sempre, todos acham que estavam certos. Uma certa senhora se ressente da confiança sem precedentes que seu marido deposita na Inglaterra; um certo senhor ataca sua esposa por seus comentários irônicos e depreciativos sobre sua amada nação!

Assim é de manhã cedo até tarde da noite, e a melhor parte é que nunca causa tédio. Inventei algo que tem um efeito tremendo, é como espetar alguém com agulhas e fazê-lo pular. É exatamente assim que o meu remédio funciona: começo pela política, apenas uma pergunta, uma palavra, uma frase, e toda a família se envolve imediatamente!

Como se os relatórios da Wehrmacht alemã e as BBCs inglesas não fossem suficientes, recentemente foi introduzido um relatório da situação aérea. Em uma palavra, grandioso; mas — o outro lado da moeda — muitas vezes decepcionante. Os ingleses estão fazendo de sua força aérea uma indústria ininterrupta, apenas comparável às mentiras alemãs, que são a mesma coisa!
Bem, o rádio está ligado às oito da manhã (se não mais cedo) e as notícias são ouvidas a cada hora até nove, dez ou muitas vezes 11 da noite. Esta é a melhor prova de que os adultos têm paciência e cérebros limitados (alguns deles, claro; não vou ofender ninguém). Nos bastariam uma ou no máximo duas transmissões para o dia inteiro! Mas aquelas velhas cabeças-duras...
O Programa dos Trabalhadores, *Oranje*, Frank Phillips ou Sua Majestade a Rainha Guilhermina, todos têm a sua vez e encontram atenção e, quando não estão a comer ou a dormir ao lado do rádio, estão a falar de comida, sono e política. Ufa, isso está ficando chato! É muito difícil não se tornar uma velha rabugenta! Em relação a estes velhos senhores daqui, já não faz tanto mal!

Para dar um exemplo brilhante, o discurso do nosso querido Winston Churchill é o ideal.
Nove horas, domingo à noite. O chá sob o tampo na mesa, os convidados entram. Pfeffer ao lado esquerdo do rádio, o senhor Van Pels à frente, Peter ao lado dele, minha mãe ao lado do senhor, a dona atrás. Margot e eu bem no fundo e Pim à mesa. Percebo que não estou escrevendo muito claramente como nos sentamos, mas, na verdade, nossos lugares pouco importam. Os senhores fumam, os olhos de Peter fecham-se com a atenção extenuante, mamãe com uma camisola comprida e escura e a dona a tremer por causa dos aviões que, sem se impressionarem com o discurso, voam avidamente para Essen, papai a beber chá, a Margot e eu unidas dando colo ao gato adormecido, por-

que Mouschi ocupa dois joelhos diferentes. Margot tem bobes no cabelo, eu estou vestindo uma camisola e um roupão que é muito pequeno, muito apertado e muito curto.

Parece algo familiar, aconchegante, pacífico, e, apesar de ser dessa vez, ainda estou aguardando ansiosamente as consequências do discurso.

Eles mal podem esperar. Mexem-se com impaciência, talvez saia outra briga! *Há, há...* Quando o gato atrai o rato para fora de sua toca, eles se provocam para brigar e brigar!

Sua Anne

*Quarta-feira,
29 de março de 1944*

Querida Kitty,

Ontem à noite, o ministro Bolkestein falou na *Rádio Oranje* sobre a coleta de diários e cartas sobre a guerra depois da guerra. Claro, todos logo pensaram em mim por causa do meu diário.

Imagine como seria interessante se eu publicasse um romance sobre a Casa dos Fundos. Com esse título, as pessoas pensariam se tratar de um romance policial. Mas agora falando sério: deve parecer engraçado ler, depois de dez anos da guerra, sobre como nós, judeus, vivíamos, comíamos e conversávamos aqui. Mesmo que eu lhe conte muito sobre nós, você conhece apenas um pouco da nossa vida.

Como as mulheres aqui estão assustadas quando as bombas caem. Por exemplo, no domingo, quando 350 aviões ingleses lançaram meio milhão de quilos de bombas sobre IJmuiden; como então as casas estremeceram como uma folha de grama ao vento, quantas epidemias há aqui, você não sabe nada sobre todas essas coisas, e eu não teria que fazer mais nada o dia todo a não ser escrever se quisesse contar tudo até o último detalhe. As pessoas fazem fila para comprar verduras e tudo mais, os médicos não podem visitar os doentes, porque os carros continuam sendo roubados. Os roubos e furtos são abundantes, a ponto de fazer você se perguntar se houve algo com os holandeses para de uma hora para outra se tornarem ladrões. Crianças pequenas de oito e 11 anos quebram as janelas das casas e roubam tudo o que acham. Ninguém se atreve a sair de casa por cinco minutos, pois, tão logo saia, suas coisas também desaparecem. Todos os dias há anúncios no jornal com recompensas a quem recuperar máquinas de escrever roubadas, tapetes persas, relógios elétricos, tecidos e assim por diante. Relógios elétricos de rua são desmontados, telefones públicos são desmontados até o último pedaço de fio. O clima entre a população não é bom. Todo mundo está com fome; a ração semanal não dá nem para dois dias, a não ser o substituto do café. A invasão está demorando; os homens têm que ir para a Alemanha; as crianças adoecem ou ficam desnutridas; todo mundo tem roupas e sapatos péssimos.

No mercado clandestino, uma sola custa 7,50 florins, e a maioria dos sapateiros não aceita mais outros clientes, ou quem consegue precisa aguardar até quatro meses pelos sapatos, que nesse meio-tempo muitas vezes desaparecem.

Há uma coisa boa: quanto pior a alimentação e mais rígidas as medidas contra a população, maior a sabotagem contra a administração governamental. O serviço de distribuição, a polícia, os funcionários, todos cooperam para ajudar os concidadãos ou os denunciam e os colocam na cadeia. Por sorte, apenas uma pequena proporção de cidadãos holandeses está do lado errado.

Sua Anne

Direção editorial
Daniele Cajueiro

Editora responsável
Mariana Elia

Produção editorial
Adriana Torres
Laiane Flores
Mariana Lucena

Revisão de tradução
Juliana Vaz

Revisão
Kamila Wozniak
Carolina Rodrigues

Projeto gráfico de miolo, diagramação e capa
Larissa Fernandez
Letícia Fernandez

Este livro foi impresso em 2023,
pela Reproset, para a Nova Fronteira.